NOSTRADAMUS

KNUT BOESER

NOSTRADAMUS

roman

Traduit de l'allemand par
Sylvie Perron

l'Archipel

Si vous souhaitez recevoir notre catalogue
et être tenu au courant de nos publications,
envoyez vos nom et adresse, en citant ce
livre, aux Éditions de l'Archipel,
13, rue Chapon, 75003 Paris.
Et, pour le Canada, à
Édipresse Inc., 945, avenue Beaumont,
Montréal, Québec, H3N 1W3.

ISBN 2-909-241-92-0

I

SOPHIE

Voici qu'à nouveau le pays est la proie des flammes, attisées par l'orage. Partout le feu avide de nourriture, dévorant. Le ciel est noir. Des éclairs zèbrent un chaos de nuages. La terre se fend. De gigantesques maisons de fer, de verre et de pierre s'écroulent. Tout est précipité dans des crevasses et des abîmes sans fond. Un raz de marée submerge les terres. Du sol jaillit la lave en fusion. L'eau se mue immédiatement en vapeur. Puis il fait sombre et froid, tout est désert et vide. Plus un son. Seulement la mort, partout.

Michel hurla et se réveilla en sursaut. Une sueur froide baignait son front. Il tremblait de tout son corps, ignorant où il était. Désemparé, il regarda autour de lui. La petite chambre. Le lit, la table, la chaise, l'armoire, les livres, les cartes célestes au mur. Le soleil entrait par la fenêtre ouverte. En face, les toits de Montpellier qui lui étaient si familiers. Au-dehors, les bruits des échoppes et des ateliers. Les charrettes avec leurs grandes roues de fer roulant pesamment sur le pavé. La cloche de l'église voisine sonna.

Il s'était endormi à sa table, sur ses livres. Une fois de plus il avait travaillé toute la nuit et son bref somme ne l'avait pas reposé. Il se frotta les yeux, étira ses muscles courbatus. Il lui fallait dépenser tant de forces pour se défendre de l'épouvante qui, sans cesse, s'abattait sur lui.

Lentement, Michel pointa du doigt chaque objet.

– La table... le livre... la plume... l'encre... l'armoire... la chaise..., murmura-t-il pour redonner cohérence au monde qui l'entourait.

Tout était à sa place, comme toujours. Il ne s'était rien passé. «Dieu soit loué! Que tout reste toujours ainsi, familier et fiable, se dit-il. Que rien jamais ne change.»

Lucille, sa logeuse, entra dans la chambre. Elle avait son âge, vingt-deux ans. Elle lui caressa la tête. Ce n'était pas la première fois qu'elle le voyait ainsi.

– Ce n'était qu'un rêve, monsieur, rien de plus, dit-elle. Encore un rêve... Tout va bien.

– Quelle heure est-il?

– Presque dix heures. Vous serez en retard à votre leçon.

– Pourquoi ne m'as-tu pas dit qu'il était si tard? Elle soupira:

– Je n'ai pas osé frapper; vous détestez tellement être dérangé quand vous travaillez.

– Mais je ne travaillais pas. Je m'étais endormi.

– Et comment l'aurais-je su? Est-ce que je suis voyante?

En quittant la pièce, elle se retourna sur le seuil.

– Vous feriez mieux de dormir dans votre lit.

Michel acquiesça. Il se leva, décrocha son manteau, mit son chapeau et jeta un dernier regard autour de lui. Tout était normal. Mais pourquoi ces visions terribles ne cessaient-elles de l'assaillir, de le poursuivre ? Quelle malédiction pesait donc sur lui ?

Il en allait déjà ainsi lorsqu'il était enfant. Sans cesse, il se réveillait en sursaut, quittait en hurlant son lit et sa chambre. Il avait huit ans lorsqu'il avait eu pour la première fois ces visions d'apocalypse.

Il avait dévalé l'escalier jusqu'à la cuisine, où son père et son grand-père, en visite pour quelques jours, prenaient leur repas du matin.

– C'est la fin du monde ! criait-il. Tout est en flammes !

Son père l'avait pris dans ses bras, lui prodiguant paroles apaisantes et caresses.

– Tu as fait un cauchemar... Tout va bien. Tu as seulement trop d'imagination.

– Il est grand-temps que sa mère revienne, avait dit le grand-père.

Michel avait pris un morceau de pain sur une assiette et s'apprêtait à remonter dans sa chambre.

– La tante ne mourra que dans dix jours, avait-il dit sans penser à mal. Et maman restera avec elle tout ce temps-là.

Le grand-père l'avait regardé, surpris.

– Qu'est-ce que tu viens de dire ?

Michel s'était retourné.

– Qu'ai-je dit ?

– Tu as dit que la tante ne mourrait que dans dix jours.

– Oui, il en sera ainsi.

Michel était alors sorti de la cuisine et s'était dirigé vers sa chambre.

– Cela lui arrive-t-il souvent ? avait demandé le grand-père.

– Quoi donc ?

– Eh bien... Il vient de faire une prédiction.

– Allons ! Babillage...

– Tu devrais y prendre garde.

– Pourquoi ? Tu penses peut-être qu'il a le don de double vue ?

– J'espère que non. Celui qui sait ce que l'avenir lui réserve souffre doublement. Être élu par Dieu est une terrible calamité.

Le père l'avait regardé, étonné.

– Pas une grâce ?

– Dieu élève le prophète au-dessus du commun des hommes, avait répondu le grand-père, et la vengeance de ceux-ci est terrifiante.

Cela, Michel avait eu le temps de l'entendre. Il était trop fatigué alors pour y réfléchir. Mais cette phrase, il ne devait pas l'oublier.

Michel prit deux livres et du papier, glissa le tout dans le petit sac de cuir qu'il avait hérité de son grand-père. Il rompit un morceau de la miche de pain posée sur la table et l'avala goulûment. Dans le couloir, Lucille, à genoux, frottait le plancher à la brosse. Elle leva les yeux et lui sourit.

– Il faut toujours que vous soyez en retard !

– De toute façon, je me demande ce que je vais faire là-bas. Ce qu'ils me racontent, je le sais déjà depuis longtemps.

Quand il la voyait ainsi, elle lui rappelait Sophie. Oui, elle était comme Sophie. Plantureuse, rose, blonde, avec de grands yeux bleus qui louchaient légèrement. La même malice, la même force, la même énergie. Et la même fossette, aussi. Quand elle riait en découvrant ses dents blanches, c'est Sophie qui riait. Ses seins gonflaient sa chemise de lin, déboutonnée par l'effort, sans qu'elle y prît garde. Sophie était ainsi. Et il se souvenait...

Sophie était leur servante. Elle était juste en train de poser une grosse marmite sur le feu quand Michel était entré dans la cuisine. C'était un an après son premier cauchemar. Il avait alors neuf ans. Il s'était attablé, avait coupé une tranche de pain et y avait mordu sans cesser de lire. Sophie s'était penchée vers lui et avait reniflé en grimaçant.

— Pouah ! Tu pues, dégoûtant ! Tu ne t'es toujours pas lavé ! C'est honteux.

Tout en se pinçant le nez, elle avait émis un bruit affreusement vulgaire. Michel avait ri.

— Je n'en ai pas eu le temps. Par ailleurs, se laver est mauvais pour la santé !

— Ah ! oui, la santé. Qui ne se lave pas tombe malade !

Elle lui avait pris le livre des mains.

— Et on ne lit pas en mangeant ! Tu te tiens bien quand tu dînes avec tes parents. Tiens-toi bien avec moi aussi. Je ne suis pas un animal.

Et, sachant ce qui allait se passer, elle avait filé prestement de l'autre côté de la table. Elle riait en brandissant le livre au-dessus de sa tête. Michel avait bondi sur la table pour tenter de récupérer son bien et lui avait tout bonnement sauté dessus, essayant de lui faire baisser le bras. Mais elle était trop forte.

— Qui lit trop devient idiot ! lança-t-elle sans cesser de rire.

Puis, regardant le titre du livre.

– En plus, tu lis des choses que tu ne devrais pas lire. Ovide, *l'Art d'aimer*. Ce n'est pas pour les enfants !

Elle lui avait donné une chiquenaude.

– Ne te fais pas prendre par ton grand-père !

Michel l'avait dévisagée, surpris.

– Mais tu sais lire !

Sophie avait secoué la tête en riant.

– Tu devrais lire Plutarque, comme te l'a conseillé ton grand-père. Je lui dirai que tu ne lui obéis pas. Ovide !

– Alors je dirai que la nuit tu vas en cachette dans la forêt. Avec la Gabrille, de la forge. Et que tu cueilles des herbes.

Il avait passé son bras autour du cou de la jeune fille.

– C'est pour ton grand-père que je le fais. Pour ses remèdes.

– Et pourquoi danses-tu autour du feu avec la Gabrille et la vieille Jacqueline ?

Sophie avait pâli. Elle l'avait fait descendre, avait posé son bras sur ses épaules et l'avait regardé.

– D'où tiens-tu cela ?

– Je t'ai suivie, en cachette. Je voulais savoir qui était ton ami.

Elle s'était agenouillée devant lui.

– Michel, si quelqu'un l'apprend...

– ...Tu finiras sur le bûcher. Je sais. Car ton ami...

Rieur, il avait pointé son index sur la poitrine de la jeune fille.

– ... c'est le diable.

Sophie était restée sans voix. Sautant sur l'occasion, Michel lui avait arraché le livre des mains et s'était précipité hors de la cuisine.

Sophie l'avait rappelé :
– Michel...
Soudain l'angoisse avait voilé sa voix.
– Je ne te trahirai pas, Sophie, n'aie pas peur,
avait-il dit pour l'apaiser. Mais dis-moi, comment se
fait-il que tu saches lire ?
Elle avait haussé les épaules.
– Avant que j'arrive chez vous, quand j'habitais
encore la maison de mes parents, je faisais souvent
la cuisine pour un prêtre dont la gouvernante était
morte. C'est lui qui m'a appris.
Michel avait saisi au vol un dernier quignon de
pain sur la table et avait filé dans sa chambre. Assis
près de la fenêtre ouverte, il s'était replongé dans
Ovide tout en grignotant. Il songeait à Sophie.
Il aimait chahuter avec elle. Elle ne pensait pas à
mal quand il l'enlaçait et l'embrassait, quand il
l'immobilisait au sol. Qu'elle continue à le prendre
pour un marmouset : pour lui, c'était merveilleux.
Rouler par terre avec elle, faire les fous dans les
oreillers quand elle arrangeait son lit, deviner ses
seins, respirer son odeur, se nicher dans ses jupes,
apercevoir un instant ses cuisses, la caresser furtivement, tout cela l'affolait. À de rares moments, il
se demandait si elle ne s'était pas aperçue depuis
longtemps de ce qui se passait en réalité, si elle faisait simplement semblant, parce qu'elle goûtait ces
jeux autant que lui. Pour les permettre, elle ne
devait voir en lui qu'un innocent petit garçon câlin,
si joueur, si affectueux, si exubérant. Parfois, quand
il allait trop loin, elle lui disait en riant :
– Mais qu'est-ce que tu vas devenir ? Tu rendras
les femmes complètement folles !
Alors, il la regardait d'un air interrogateur. Et elle
lui ébouriffait les cheveux.

– Tu ne comprends encore rien à cela, petit fripon. Allez, va apprendre ! J'ai du travail, moi aussi.
Dehors, quelques-uns de ses amis jouaient à la balle. Ils virent Michel et l'appelèrent. Il posa son livre, enjamba le rebord de la fenêtre et descendit avec agilité le long de l'espalier. À peine arrivé en bas, il s'empara de la balle, l'envoya d'un coup de l'autre côté de la rue, courut pour la rattraper, biaisa et feinta. Il avait oublié Ovide et Sophie, et son grand-père, et Plutarque.

Au bout d'un moment, Sophie vint le trouver. Elle était en colère. Son grand-père le cherchait partout. Elle voulait le gronder, mais Michel lui rit au nez et s'enfuit. Qu'ils essaient donc de l'attraper ! Sophie à ses trousses, il galopa de l'autre côté de la rue, trébucha sur du cailloutis et s'écorcha le genou. La blessure saignait. Il s'assit sur une caisse, retenant les larmes qui lui montaient aux yeux. Doucement, il pressa la plaie cuisante et, écartant de petits lambeaux de peau, se mit à extraire le gravier incrusté dans son genou ensanglanté. Sophie le rejoignit, hors d'haleine. Elle examina la blessure, s'agenouilla et se mit à lécher son genou. Michel la regardait, abasourdi.

– Mais qu'est-ce que tu fais ?
– Je lèche ta blessure.
– Pourquoi ?
– C'est ce que font les bêtes. La plaie se refermera plus vite. Observe toujours ce que font les animaux. Quelles herbes, quelles fleurs ils mangent, quand ils sont malades. Les bêtes sont les meilleurs médecins.

Michel revoyait tout exactement. Sophie agenouillée devant lui. Sa bouche rouge, sa langue douce et rose qui léchait lentement sa blessure. Ses mains autour de son genou. En regardant l'échancrure de sa robe, il pouvait apercevoir ses seins blancs. Soudain, il tendit la main, hésita un instant et fourragea doucement dans les cheveux de la jeune fille. Étonnée, Sophie leva les yeux : ce marmot lorgnait son décolleté ! Cependant, elle ne put s'empêcher de rire.

– Tu es belle, Sophie, dit-il très bas avec grand sérieux.

– Tu dis des bêtises, garnement ! Ta mère est belle. Moi, je viens de la campagne. Les gens de la campagne sont bien-portants. Et robustes. Mais ils ne sont pas beaux.

– Si, tu es très belle.

– Qu'est-ce qui te prend, polisson ? Tu es bien trop petit pour cela.

Michel se souvenait de ce jour comme si c'était hier. L'été touchait à sa fin. Le soleil brillait. Il regardait les grands yeux de Sophie. Il ne voyait plus rien d'autre. Penchée sur son genou, elle continua de lécher sa blessure. Michel ferma les yeux, s'abandonnant avec délices à ce traitement.

Soudain, Sophie fut arrachée à lui. Quatre hommes de la Sainte Inquisition, tous vêtus de noir, se tenaient derrière elle. Ils la maintenaient fermement. Les badauds, apeurés, se hâtaient de rejoindre l'autre côté de la rue. Personne n'avait envie d'être mêlé à l'incident.

L'inquisiteur posa sa main sur l'épaule de Sophie.

– Au nom de la Sainte Inquisition, Sophie Bertrand, je t'arrête ! Tu es accusée de lycanthropie, de t'être métamorphosée en loup par les nuits de pleine lune, dans la forêt, puis de t'être prostituée au démon ; d'avoir baisé son anus, d'avoir léché son sexe, pour que par trois fois il se glisse dans ton corps lascif et te donne des herbes dont personne ne peut prouver les effets. Tu es accusée d'avoir tué avec ce poison l'honnête épouse du forgeron, afin que la servante de cet homme, la Gabrille, se soumette à son désir et s'empare de sa fortune.

Sophie ne put s'empêcher de rire :

– Voyons, c'est insensé !

Michel s'étonnait : elle semblait n'avoir aucunement peur de ces hommes. Ne se rendait-elle pas compte du danger ? Elle les regardait dans les yeux. Il remarqua qu'ils ne soutenaient pas son regard. Seul l'inquisiteur ne se laissait pas impressionner.

– Ne nie pas, dit-il. La Gabrille a tout avoué. Comment une nuit vous avez préparé le poison pour le glisser subrepticement dans la soupe de la femme du forgeron ; comment la pauvre femme a connu une mort atroce ; comment vous vous êtes adonnées à la luxure avec le diable ; comment vous avez mangé ses excréments et bu son urine. Elle a juré par la Sainte Vierge, elle a juré que tu l'avais envoûtée avec toutes sortes de simples et de sucs, d'invocations ténébreuses et d'attouchements obscènes. C'est ainsi que tu l'as ensorcelée !

L'inquisiteur fit un signe à ses hommes, qui entraînèrent Sophie.

D'un bond, Michel tenta de s'interposer.

– Laissez-la ! cria-t-il.

Il s'agrippa à sa robe, essayant de l'arracher à ces hommes.

– Lâchez-la immédiatement !

L'inquisiteur le saisit par le col, le souleva de terre et le serra contre lui en lui intimant d'une voix sifflante de se taire. Mais Michel hurlait. Il appelait son père, son grand-père. Sophie eut juste le temps de lui ordonner de rentrer à la maison : les hommes l'emmenaient.

Le grand-père accourut, traversa la rue.

– Rentre à la maison, dit-il en lui tendant la main.

L'inquisiteur laissa retomber Michel. Celui-ci courut après Sophie, l'embrassa. Les larmes ruisselaient sur son visage. Il était désespéré. On le sépara brutalement de la jeune fille pour le ramener devant l'inquisiteur. Michel trépignait et se débattait, frappant l'homme de ses petits poings, mordant, griffant, battant des pieds.

– As-tu aussi envoûté le petit ? Il se conduit comme un fou enamouré, murmura l'inquisiteur en regardant Sophie.

Puis il se tourna vers le vieillard.

– Nous verrons cela. Nous reviendrons, dit-il à voix basse.

Le grand-père prit Michel par la main et tenta de l'entraîner vers la maison.

– Viens, dit-il.

– Mais nous devons aider Sophie !

– Nous ne pouvons rien faire. Viens, s'il te plaît.

Les hommes de la Sainte Inquisition entraînèrent Sophie. Elle restait très calme, ne se débattait pas. L'inquisiteur se retourna vers eux et, montrant Michel, répéta d'un ton menaçant :

– Nous verrons cela.

Puis il emboîta le pas à ses hommes.

L'après-midi même, Sophie fut brûlée sur la place du marché. Sous la torture, elle avait tout avoué. Beaucoup de gens étaient venus assister au spectacle. Michel aussi était là. Il s'était glissé en cachette hors de la maison, parce qu'il voulait être auprès de la jeune fille. Il joua des coudes dans la foule. Elle était sur le bûcher, enchaînée à un pieu, cherchant quelqu'un des yeux. Quand elle l'aperçut, un sourire passa sur son visage martyrisé. Elle lui dit quelque chose qu'il ne put comprendre. Autour de lui, on discutait avec animation. Sophie allait être brûlée sur-le-champ. La mort étendrait son aile audessus de la place et les bénirait tous, car tous vivaient sous son signe et imploraient sa grâce et sa miséricorde. On lui offrait une victime. S'en contenterait-elle?

Un sbire de l'Inquisition monta sur le bûcher, une torche enflammée à la main. Campé sur une estrade, l'inquisiteur, les bras croisés sur la poitrine, fit à l'homme un léger signe de la tête pour lui enjoindre d'allumer le bûcher. Les brindilles prirent feu. Bientôt, les flammes s'élevèrent dans le ciel, embrasèrent la robe de Sophie puis se mirent à dévorer sa peau. Elle était tout en feu. Le souffle brûlant fit voleter ses cheveux avant de s'en emparer. Un instant, il sembla qu'une sainte transfigurée apparaissait dans l'éclat d'une lumière divine. Alors Michel entendit crier Sophie. Un seul cri, intense et douloureux, jaillit de son corps. Il vit sa bouche béante, ses yeux écarquillés qui à présent imploraient le ciel. Mais le ciel était bleu, d'un bleu uni, et ne donnait aucun signe. Puis sa tête retomba sur sa poitrine. Elle s'affaissa sur elle-même, évanouie; elle ne sentait plus la douleur.

Le grand-père s'était frayé un passage jusqu'aux premiers rangs. Il prit Michel par la main et l'emmena. La dernière chose que Michel vit, ce fut l'inquisiteur qui le fixait des yeux du haut de son estrade. Un fin sourire empreint de malice jouait sur ses lèvres minces. Michel sut qu'il n'oublierait plus jamais ce visage qu'il le poursuivrait sa vie durant.

La foule était déçue que tout se fût passé si vite. Elle resta là jusqu'à ce que le bûcher fût entièrement consumé. Michel et le grand-père se tenaient à l'écart, dans l'ombre des murs de l'église. Entêtante, suave, amère, l'odeur de la chair brûlée de Sophie flottait sur la place. Quelques cendres floconneuses voltigeaient dans l'air. Michel leva les yeux au ciel. Sophie neigeait de noir sur lui. Il prit un flocon dans sa main et le porta à sa bouche.

Depuis, il n'avait plus pensé qu'à elle. Aucune autre fille, aucune autre femme n'avait éveillé son intérêt. Tout en lui était comme mort. Parfois seulement, la nuit, Sophie venait le visiter. Elle brûlait dans un halo flamboyant, et autour d'elle tout rayonnait d'un éclat splendide. Elle lui tendait la main. Et quand il voulait la rejoindre, hésitant, anxieux, avide, elle l'entourait de son bras. Dans ces rêves, il avait toujours neuf ans. Il posait sa tête sur sa poitrine, elle le caressait tendrement et le consolait, puis il brûlait avec elle.

Michel baissa les yeux sur Lucille.

— Tu ne brûles pas, murmura-t-il.

Lucille le regarda. Elle jeta sa brosse dans le seau et se releva.

— Que dites-vous ? Vous avez l'air bizarre. Comme si vous aviez vu un fantôme. Vous me faites peur...

Michel passa près d'elle en se hâtant vers la porte. Lucille le suivit, s'essuyant les mains sur son tablier.

– Vous rentrerez tard ?

– Non.

Lucille lui arrangea son col. Toujours débraillé, jamais il ne faisait attention à sa mise ; il était toujours ailleurs, dans ses pensées, et oubliait tout si on ne le lui rappelait pas. Il n'aurait pas même pensé à manger.

– J'ai fait un bon gâteau, dit-elle. Vous en aurez un gros morceau. Sinon, vous n'aurez bientôt plus que la peau sur les os. Toujours à lire, ou le nez dans les étoiles, si loin des bonnes choses de ce monde !

Elle lui caressa le visage.

– Vous êtes tout pâle. Ah ! je trouverai bien quelque chose qui rendra des couleurs à cette jolie frimousse.

Michel la regarda.

– Je dois m'en aller, dit-il.

Elle avait posé sa main sur sa poitrine.

– Alors partez, monsieur.

Mais Michel resta là à la contempler. Bien sûr, il savait ce qu'elle voulait : la même chose que lui. Mais il n'osait pas ; il n'était pas très sûr de lui. Le désirait-elle vraiment ? Il ne connaissait rien aux femmes. Est-ce qu'elle lui souriait ? Est-ce qu'elle se riait de lui ? Non. Car il y avait ce voile sur l'iris, et son regard qui chavirait tout au fond du sien, qui la faisait loucher un tout petit peu plus que d'habitude. Mais peut-être n'était-ce encore là qu'un des tours que lui jouait son imagination. Il savait à peine distinguer le rêve de la réalité. Sans trêve, des visions inattendues venaient l'assaillir. Pas seulement la nuit, dans ses rêves, mais aussi le jour. Le plus souvent, des visions effrayantes de destruction et de désolation, rarement habitées de bonheur.

Qu'arriverait-il s'il la prenait tout simplement dans ses bras? N'était-ce pas ce qu'elle désirait? Mais peut-être serait-elle fâchée. Et si elle se mettait à crier, à se débattre, à frapper, à griffer, à mordre et à appeler son affreux mari? Un rustre, brutal et vulgaire, toujours ivre et de méchante humeur, qui travaillait à la tannerie. Sa peau était noircie et gercée. Tout ce qu'il faisait respirait la méchanceté, le ressentiment et la bassesse. Pourquoi donc l'avait-t-elle épousé? Michel ne comprenait pas. Elle était pourtant jolie, jeune, avisée et robuste. Il l'avait constamment observée, toutes ces semaines, depuis le premier jour où il s'était installé dans sa maison. Depuis deux mois, déjà, il avait quitté Avignon pour Montpellier et s'était inscrit à la faculté de médecine. Et, depuis deux mois, il n'avait cessé de chercher des occasions de la voir. Dans la cuisine, occupée à pétrir la pâte de ses mains nerveuses, aux fourneaux, remuant la soupe avec une louche en bois, pulvérisant dans ses paumes les herbes au-dessus de la marmite. Il ne se lassait pas de la contempler. Lavant le linge, penchée au-dessus du cuveau, frottant les draps avec le savon rêche sur sa planche de lavandière. Le murmure du savon sur le fer-blanc, le bruissement des vêtements animés par ses mouvements énergiques... Il la regardait tendre l'étoffe de sa jupe sur ses hanches, essuyer son front en sueur d'un revers de main. Tous les prétextes lui étaient bons pour se trouver près d'elle. Il lui apportait du bois, allumait le poêle, portait l'eau jusqu'à la maison. Puis il se postait sur le seuil et la regardait. Elle semblait ne jamais s'apercevoir de sa présence, concentrant toute son attention sur son travail. À genoux, elle récurait les carreaux, la jupe relevée, les manches retroussées, les cheveux dénoués, écartait une mèche qui la gênait d'un geste simple et précis, sans jamais montrer d'hésitation. Elle ne faisait rien qui ne fût raisonnable, utile et bon, et c'était ce qui la rendait si belle. Pourquoi ne la prenait-il pas simplement dans ses bras pour l'embrasser, comme l'auraient fait ses camarades de la faculté, qui passaient leur temps à se vanter de leurs conquêtes ? À les en croire, les femmes aimaient par-dessus tout qu'on les prît par la force, que l'on brisât leur résistance. Si elles faisaient mine de se défendre, c'était seulement pour fouetter la volupté. Mais tout cela n'était peut-être que fanfaronnades et sottises. Michel n'en savait rien. Il était si nostalgique et si craintif.

Brusquement, il se détourna et s'apprêta à sortir.

— Pourquoi donc allez-vous à votre leçon, lui demanda Lucille, si vous savez déjà tout ce qu'ils vous racontent, comme vous l'avez dit ? Vous perdez votre temps.

Michel rit.

— C'est vrai. Mais, sans les diplômes de ces ânes, je ne suis rien.

Soudain, elle prit sa tête dans ses mains et l'embrassa.

— Viens, dit-elle. Le gâteau est tout chaud. N'attendons pas pour le goûter.

— Et ton mari ?

— Mon mari est un imbécile et un ivrogne.

Lucille, rieuse, l'entraîna dans sa chambre et ferma la porte d'un coup de pied. Ils se faisaient face. Elle lui passa les bras autour du cou.

— Embrasse-moi ! dit-elle. Ou est-ce que tu ne m'aimes pas ?

– Oh ! si. Je veux t'embrasser. J'ai toujours eu envie de t'embrasser.

– Pourquoi ne l'as-tu pas fait ?

– J'avais peur de te déplaire.

– Mais je n'attends que ça, depuis que tu es ici ! Tu ne t'en es pas aperçu ?

Et elle l'embrassa doucement sur la bouche.

– Alors ? C'était si difficile ?

Michel tremblait de tout son corps. Lucille déboutonna le manteau du jeune homme.

– Mais tu trembles, dit-elle.

Michel tenta de défaire son tablier. Maladroit, il ne parvint qu'à emmêler les rubans. Vivement, Lucille défit le nœud, ôta sa robe et la laissa tomber par terre. Maintenant, elle se tenait devant lui, nue. Michel la regarda sans faire un geste. Il restait figé, muet, fasciné. Elle lui enleva son manteau, sa chemise, ses braies, puis elle l'attira au sol et s'étendit à son côté. Michel crut rêver. Le parfum de sa peau, ses cheveux, sa chair... Ce ravissement. Il pensa presque s'évanouir.

– Viens, dit Lucille, s'il te plaît, viens.

– Oui.

Elle le fit glisser sur elle, guida ses gestes. Il était si exalté, si impétueux. Elle l'apaisa.

– Comme ta peau est douce, murmura-t-elle en le caressant.

Ils ne pouvaient se rassasier l'un de l'autre.

Une femme nue était étendue sur la table de bois, au milieu de la salle ovale. Le professeur enfonça son scalpel au-dessous de la clavicule et incisa lentement les chairs jusqu'au pubis. Puis il ouvrit le cadavre. Il toussait. Sur les gradins, les étudiants l'observaient avec attention. Le professeur épongeait d'un revers de manche la sueur qui coulait sur son front quand Michel entra, hors d'haleine. Happant un dernier morceau de gâteau, il se hâta de rejoindre une place libre. Le professeur s'interrompit.

– Ah ! Monsieur de Nostredame nous fait quand même l'honneur de sa présence ! Vous m'en voyez enchanté.

Puis, montrant le cadavre, il reprit :

– Cette femme s'est empoisonnée. Le poison a échauffé le sang, dont l'afflux a soumis le cerveau à une intense pression. C'est ce qui l'a fait mourir. Mais elle aurait pu être sauvée. Comment ?

– Il aurait fallu pratiquer à temps une saignée.

– C'est exact. Cela aurait empêché cette pression sur le cerveau.

Le professeur toussa, une main devant la bouche, et essuya sa salive. Des gouttes de sueur perlaient à son front. Michel tapa doucement sur l'épaule de son voisin.

– Cet homme est malade, chuchota-t-il.

Le professeur balaya l'assistance du regard.

– Je vous le demande : dans quel organe trouvera-t-on le poison ?

Il désigna un étudiant.

– Dans le cœur, répondit celui-ci.

– Dans les pieds, risqua un autre, accueilli par des rires.

Toussant toujours, le professeur se tourna vers Michel.

– Monsieur de Nostredame, expliquez cela à vos camarades, je vous prie.

– La réponse que vous désirez entendre est : dans les reins.

– C'est exact. Mais je perçois dans votre réponse une insinuation qui me déplaît.

– Les dernières études du docteur Rabelais, à Paris, ont montré que l'on trouve également une forte concentration de poison dans le foie.

– Paris ! s'écria le professeur d'un ton de mépris. Plongeant une main dans le corps, il empoigna le foie, l'incisa, puis le brandit bien haut, tournant sur lui-même afin que chacun pût voir l'organe.

– Le foie ! Soyons sérieux. Et où est le poison ? Je n'en vois point. Le voyez-vous ?

Quelques rires fusèrent.

Michel hocha la tête. Il n'avait que trop l'habitude de ces sarcasmes ineptes.

– Confiez-moi ce foie, et je vous le montrerai.

– Balivernes !

– On en trouvera aussi dans le cœur.

– Absurde !

Michel réfléchit. À quoi bon le contredire, s'engager dans une de ces disputes stupides ? Le bonhomme finirait par avoir le dessus. Qu'il raconte ce qui lui plaît ! Pourtant, Michel se leva, incapable de se taire. Tant d'aveuglement et d'entêtement le mettait hors de lui.

– La faculté de médecine de l'université de Montpellier, dit-il froidement, est la meilleure d'Europe car elle dispose de cadavres que nous pouvons disséquer. Pourquoi, monsieur le professeur, vous satisfaites-vous du savoir consigné dans les vieux livres, au lieu de scruter véritablement les choses, comme vous pouvez le faire ici, et d'examiner cet organe ?

– Voudriez-vous me prescrire ce que j'ai à faire ?

– Certes non.

– Ainsi, vous approuvez mon diagnostic ? J'en suis flatté.

Quelques étudiants s'esclaffèrent.

– Vous avez raison, en effet ; le poison a échauffé le sang.

– Merci, monsieur de Nostredame, dit le professeur en s'inclinant légèrement devant Michel.

– Cependant, ce n'est pas de cela qu'est morte cette femme.

– Alors de quoi ?

– Il est certain que le sang s'est échauffé à la suite de l'empoisonnement, car c'est ainsi que le corps essayait de se défendre. L'ardeur du sang a pour fin de combattre l'infection.

– C'est insensé !

Le professeur jeta avec dédain le foie sur la table, essuyant sur son tablier ses mains souillées de sang.

– Il s'ensuit que la thérapie que vous préconisez, à savoir la saignée, n'est point la bonne, parce que justement elle aurait empêché la guérison.

Cette fois, le professeur était furieux. Il ne pouvait tolérer plus longtemps une telle insolence. Il voyait avec quelle attention les étudiants tendaient l'oreille. Eux non plus n'aimaient pas Michel, mais il leur plaisait qu'il s'opposât au professeur, même s'il ne l'emportait jamais. Ce poseur, dont la jactance les horripilait depuis longtemps, qui se taisait et s'éclipsait dès que fusaient les grivoiseries, devait être remis à sa place. Il ne se soûlait pas, ni ne jurait, ni ne buvait avec eux, personne ne l'avait jamais vu avec une femme, ni entendu blaguer sur les jupons. Dans un instant, il allait se faire moucher, comme souvent. Mais cette fois, ils l'espéraient, on en viendrait à un esclandre définitif. Le professeur, exaspéré, le jetterait peut-être dehors. Ils seraient enfin débarrassés de ce condisciple présomptueux.

– Monsieur de Nostredame..., commença le professeur d'un ton cinglant.

Mais il toussa, s'étouffant presque, et dut ouvrir un peu son col. La sueur perlait à son front.

– ... si vous voulez obtenir le titre de docteur en médecine, il vous faudra d'abord apprendre ce que nous vous enseignons.

– Vous pouvez m'interroger sur ce que vous voulez, répliqua Michel. Je vous répondrai. Et même, de la façon que vous souhaitez. Je sais ce qui est écrit dans les vieux grimoires.

– C'est pour cette seule raison que j'écoute vos sottises. Vous êtes un de nos meilleurs étudiants. Aussi pourriez-vous vous passer de ces impudences.

– J'ai simplement mentionné les récentes recherches du docteur Rabelais.

– Billevesées ! Vous vous prenez pour Dieu, comme cet ergoteur ! Un franciscain défroqué doublé d'un bénédictin défroqué, un apostat pour tout dire ! Il est assez léger pour mettre en jeu la vie de ses patients dans le seul but de satisfaire sa petite vanité. Il exterminera des régions entières pour gagner l'immortalité. Prenez garde, monsieur de Nostredame ! Votre docteur Rabelais est un suppôt du diable ! Et certainement, s'il continue ainsi, il aura bientôt l'occasion de se présenter devant son maître et de lui témoigner sa reconnaissance en lui baisant l'anus !

Le professeur, agitant un bras réprobateur, se tourna vers les étudiants et pointa son couteau vers le cadavre.

– Messieurs, seule une saignée aurait pu aider cette femme !

– À mourir plus vite, certes ! lança Michel.

Il n'avait pas envie d'écouter plus longtemps ces inepties. À maintes reprises, il avait pu observer dans les hôpitaux comment la saignée, appliquée telle une panacée à toutes les maladies, affaiblissait les patients au lieu de les soigner. Et tous ces faibles d'esprit qui bientôt, devenus médecins, courraient les chemins, persuadés qu'il s'agissait là d'un remède éprouvé...

– Taisez-vous, à présent ! tonna le professeur, furibond. Et asseyez-vous !

– Votre saignée n'aurait pu que l'affaiblir. Sa fièvre était ardente, et non pas froide. Vous l'avez dit vous-même. La froide est mortelle. Mais la chaude est salutaire, c'est celle de la riposte, de la force corporelle qui combat la maladie !

– Asseyez-vous !

La voix du professeur se brisa.

– Prétendez-vous m'apprendre ce que j'ai à faire ?

Michel fit mine de se rasseoir, puis, se rebellant :

– Je veux seulement favoriser le processus naturel de guérison que le corps, grâce à l'admirable sagesse de Dieu, peut mettre en œuvre par sa seule puissance.

– Monsieur de Nostredame, il vous est loisible de quitter cette salle au moment que vous voudrez. Mais ne revenez pas. Je n'ai pas de temps à perdre avec des étudiants de votre sorte. J'ai plus important à...

Il ne put poursuivre. Toussant, suffoquant, il porta une main à sa gorge : semblant chercher un appui, il tendit les mains. Son scalpel tomba sur le sol. Il s'effondra sur le cadavre.

Saisis d'effroi, immobiles, tous regardaient la table. Le professeur gisait sur le cadavre de la femme. Michel descendit en hâte les gradins, écarta les deux corps. Deux étudiants vinrent l'aider. Avec précaution, ils allongèrent le malade sur le sol. Michel ouvrit sa chemise. Sur la poitrine et sous les bras du professeur perçaient de gros bubons rouge vif, violacés et noirs, suintants ; certains avaient déjà crevé.

– La peste !

Épouvantés, les étudiants se ruèrent hors de l'amphithéâtre. Seul Michel était resté auprès du professeur.

– Vous êtes très malade.

– Je sais, murmura le professeur. Je vais mourir.

– Vous n'auriez pas dû venir à l'université. Vous aurez contaminé tout le monde.

Le professeur eut un rire bref et strident.

– C'est le châtiment de Dieu. Je vous entraîne tous dans la mort, insensés que vous êtes !

Il rit de nouveau, son corps s'arqua. Saisissant Michel par le bras, il enfonça ses doigts dans sa chair. Une écume noire sortait de sa bouche. Il regarda Michel, les yeux écarquillés. Puis il retomba sur le sol, mort.

Michel déplia les doigts serrés sur son bras. Que faire ? Ces derniers jours, il avait entendu évoquer quelques cas. Mais c'était bien loin de Montpellier. Or voilà que la peste était ici. Combien étaient déjà atteints ? Le professeur devait savoir depuis des jours qu'il était contaminé, mais s'était tu. Michel poussa le cadavre de la femme à l'extrémité de la table, saisit le professeur aux aisselles et tenta de le relever. L'homme était lourd. Avec peine, il réussit à hisser le buste sur la table, en le faisant basculer sur le rebord, puis les jambes. Alors, poussant la table, il sortit de l'amphithéâtre.

Débouchant dans la cour de l'université, il ramassa des brindilles, du bois et de vieux chiffons, qu'il empila sous la table avant d'y mettre le feu. Bientôt, les flammes s'élevèrent. Les corps dégageaient une fumée noire, nauséabonde. Michel ôta tous ses vêtements et les jeta dans le feu. Regroupés sous le portail, quelques étudiants l'observaient. Ils le croyaient fou, mais Michel ne se souciait pas d'eux. À la fontaine, au milieu de la cour, il puisa un seau d'eau qu'il déversa sur sa tête, puis un autre, dont il s'aspergea pour se laver tout le corps. De l'autre côté de la cour, des sacs de blé étaient entreposés devant un cellier. Michel ouvrit l'un d'eux, le vida et le noua autour de ses reins avant de gagner le portail. Il tenta de parler aux étudiants, de les persuader de remettre à plus tard leur examen de bachelier, car bientôt la ville grouillerait de malades. Mais ils s'écartèrent craintivement de lui et s'enfuirent à toutes jambes. Michel s'éloigna, pensif. Bientôt chaque rue, chaque place seraient jonchées de cadavres. Et il n'y aurait personne pour les enterrer.

De retour chez lui, Michel trouva Lucille dans la cuisine, occupée à plumer un poulet. Elle était de fort belle humeur. Entre-temps, son mari était rentré du travail. Il s'était couché, ivre, et ronflait bruyamment. Elle éclata de rire en voyant Michel entrer dans la pièce, montrant du doigt le sac passé autour de ses hanches. Que lui était-il arrivé ? Avait-il rencontré une bande de pillards ?

Par la porte de la chambre, restée ouverte, Michel regardait le mari de Lucille.

— Il a encore trop bu, dit-elle.

Michel s'approcha de l'homme. Une sueur froide inondait son front, qui n'était pas due à l'alcool. Ouvrant la chemise de l'homme, Michel découvrit sur sa poitrine des bubons noirs qui suppuraient. Lucille se mit à hurler, une main devant la bouche.

— Depuis quand ton mari a-t-il le corps couvert de bubons ? lui demanda-t-il.

— Il ne les avait pas hier, j'en suis certaine. Mon Dieu, qu'allons-nous faire ? Mais tu es médecin...

— Personne ne connaît la cause de cette maladie. Nous ignorons comment elle évolue. C'est une énigme pour nous tous. Certains meurent en quelques heures, d'autres survivent. Il n'y a pas de remède.

Examinant de plus près le malade, il reprit :

— Lui mourra sans tarder.

Il entraîna Lucille hors de la chambre.

— As-tu des parents à la campagne ? Alors pars sans attendre. Laisse là ton mari. Il ne survivra pas. Surtout, ne le touche pas, ni lui ni ses vêtements. Il faut tout brûler.

Lucille sanglotait, au désespoir. Michel la prit dans ses bras. À cet instant, le mari ouvrit un œil et, se levant à grand-peine, il s'approcha d'eux en fulminant :

— Une ribaude, une putain avec son bouc ! Quelle belle paire !

Il serra les poings mais ne parvint pas à les

frapper et s'effondra à leurs pieds. Lucille voulut le relever, mais Michel l'en empêcha.

– Non !

– Michel, nous ne pouvons pas le laisser ainsi.

– Nous ne pouvons rien pour lui. Il n'a pas une demi-heure à vivre.

– Je resterai avec lui jusqu'à son dernier souffle.

– Et tu seras contaminée... Tu l'aimes tant, que tu veuilles mourir avec lui ?

– Non, il me répugne.

– Alors pourquoi l'as-tu épousé ?

– Tu veux vraiment le savoir ? Il avait loué chez nous une chambre, dans les combles. Un jour, alors que personne n'était à la maison, il m'a violée. J'avais treize ans. Mon père nous a surpris. Il l'a obligé à m'épouser, pour empêcher que la honte rejaillisse sur la famille. Il lui a même donné de l'argent, car ce joli monsieur faisait des manières. Il ne voulait pas d'une fille qui n'a plus son honneur, vois-tu. J'ai cru que je mourrais pendant ma nuit de noces. Mais on survit à bien des choses...

– Alors pourquoi veux-tu rester auprès de lui ?

– Parce que je suis chrétienne. C'est mon devoir de le veiller. Nous avons été unis devant Dieu. Il peut bien être un méchant homme, je ne suis pas une mauvaise femme. Il n'a pas réussi à me rendre méchante.

– Mais tu mourras si tu ne pars pas ! Va ! Attends-moi en bas. Je veillerai sur lui.

– Et toi, tu ne risques rien ?

– Non.

– Comment le sais-tu ?

– Je l'ignore. Mais la peste m'épargnera.

– As-tu commerce avec le diable ?

– Va, je t'en prie ! Attends-moi en bas.

– Mais il faut l'enterrer !

– Bientôt il n'y aura ici personne pour l'enterrer !

– Je vais chercher un prêtre.

– Crois-tu qu'il te suivra quand tu lui auras dit que ton mari a la peste ? Va toujours...

Tandis que Lucille quittait en hâte la maison, Michel se pencha sur le mari et l'aida à se relever. Il était trop faible pour pouvoir marcher. Michel le traîna jusqu'au lit.

– Qu'est-ce qui m'arrive ? gémit l'homme en regardant sa poitrine. Il posa sa main sur une blessure ouverte, flaira ses doigts et se mit à vomir.

– Où est Lucille ? murmura-t-il.

– Elle est partie chercher un prêtre.

– Je ne vous ferai pas ce plaisir ! gronda-t-il en se redressant.

Il ricanait, s'étranglait, avalant ses propres ordures.

– Je ne mourrai pas !... Pas avant que vous soyez tous deux sous terre !

Un flot de sang noir jaillit de sa bouche, répandant une odeur infecte de charogne. Puis il retomba sur le lit.

Michel rapporta de la cuisine un linge humide qu'il posa sur le front à la fois brûlant et glacé du mourant. Ne pouvant faire davantage, il s'assit et attendit. Peut-être Lucille trouverait-elle à temps un prêtre pour lui administrer l'extrême-onction et l'entendre en confession. Revenant à lui, le mari jura une dernière fois. C'était fini. En l'espace d'une minute, son corps devint bleu.

Michel s'interrogeait. L'université n'allait sans doute pas tarder à fermer ses portes. De sa famille, seul Paul, son frère aîné, était encore vivant. Mais qu'aurait-il été faire chez lui ? Paul avait ses propres soucis. Depuis qu'il avait dû s'enfuir de la maison de ses parents, Michel ne l'avait revu que deux fois, la dernière lorsqu'on avait mis en terre leur mère. Revenu en secret, il avait passé la nuit au bord de sa tombe. Avant le lever du soleil, il était reparti. L'inquisiteur, qui occupait toujours sa charge, s'était forgé au fil des jours une triste notoriété. Dans sa quête insatiable de nouvelles victimes, il ne reculait devant rien pour arracher des aveux. Michel redoutait de figurer encore sur sa liste. L'Inquisition se réjouirait singulièrement d'interroger, après tant d'années, devenu homme, l'enfant qu'elle poursuivait déjà. Ainsi, elle prouverait qu'avec le temps personne n'échappait à ses griffes.

Après le supplice de Sophie, le grand-père avait regagné à la hâte la maison, entraînant Michel. Lui aussi avait vu le regard de l'inquisiteur et compris qu'il n'y avait pas de temps à perdre. Ils avaient rangé dans un panier les vêtements et les livres de Michel, avaient chargé ce bagage sur une carriole, à côté de quelques fûts qui serviraient de camouflage. Michel avait embrassé son père et son frère Paul. Puis il avait grimpé sur la charrette et s'était recroquevillé sous un gros sac de jute.

— Sa mère sera très triste, avait dit le père.

— Il faut qu'il parte, avait répondu le grand-père. Ils n'ont aucun scrupule, ils n'épargneront pas même un enfant. L'inquisiteur prétend que Sophie l'a ensorcelé, ils reviendront le chercher demain. Ils t'interrogeront, et lui aussi. Ce serait trop dangereux.

Le grand-père avait embrassé son fils et le frère de Michel, puis s'était installé sur le siège du cocher, le visage à demi dissimulé par un vieux chapeau flasque. Il s'était enroulé dans une couverture tout élimée et avait fait claquer sa langue. Le cheval s'était ébranlé lentement. Le père les avait accompagnés jusqu'au portail. Michel avait pu le regarder une dernière fois.

– Je viendrai te voir avec ta mère, avait-il dit. Sois studieux, ne donne pas de souci à ton grand-père. Ne sois pas triste. C'est mieux ainsi.

Michel avait rabattu le sac sur lui et s'était niché derrière un des tonneaux. Paul avait ouvert le portail et la voiture était sortie. Plein de rage et de désespoir, le père frappait du poing le battant de bois. À ses côtés, Paul se demandait ce que tout cela signifiait.

Un après-midi, le grand-père fut appelé au monastère voisin. Michel l'accompagna. C'était une journée ensoleillée; ils n'étaient pas pressés. Arrêtant la carriole au bord d'un champ, ils s'assirent dans l'herbe pour manger quelques fruits. Le blé était déjà moissonné, des paysans brûlaient le champ.

Michel habitait depuis près de deux semaines avec son grand-père. Ils avaient étudié chaque jour, surtout le grec et le latin, mais aussi l'astrologie et les mathématiques, ainsi que les premiers rudiments de la médecine, car le grand-père pratiquait cet art.

– Je suis content de toi, lui dit celui-ci. Tu fais de rapides progrès.

Puis, sortant une lettre de sa poche :

– Ta tante est morte. Exactement comme tu l'avais dit.

– Elle était très malade...

– Michel ?

– Oui ?

– As-tu souvent de telles prémonitions ?

– Je sais parfois des choses...

– Et comment cela se produit-il ?

Michel haussa les épaules.

– Je ne sais pas. Je le vois, c'est tout. Pourquoi ont-ils brûlé Sophie ?

– Nous vivons des temps terribles...

– Mais pourquoi ne l'as-tu pas aidée ? Tu es un homme puissant.

– Je ne pouvais rien pour elle.

– Pourquoi ?

– Crois-tu en Jésus-Christ Notre-Seigneur ?

– Oui.

– Et en l'Immaculée Conception de Notre Vierge Marie ?

– Oui, oui.

– Fort bien.

– Pourquoi me demandes-tu cela ?

– Les murs ont des oreilles, et aussi les arbres et les fleurs.

Le grand-père le saisit par les épaules, la mine grave.

– Ne te fie à personne. N'importe qui peut te dénoncer à l'Inquisition.

– Mais que pourraient-ils dénoncer ?

– Crois-tu à la toute puissance de Notre-Seigneur ?

– Oui.

– Et au Saint-Esprit ?

– Certes oui ! Pourquoi me demandes-tu cela ?

– Tu ne risqueras rien si tu es un bon chrétien. Du moins je l'espère...

Le grand-père regarda autour de lui et poursuivit à voix basse, bien que personne à la ronde n'eût pu les entendre :

– Tu es en grand péril. C'est pourquoi je t'ai emmené.

– Mais pourquoi ? Je n'ai rien fait.

– Il faut que tu le saches, maintenant. Tu es assez âgé. Michel, tu es juif.

– Quoi ! Mais je suis baptisé !

– Un Juif baptisé reste un Juif. S'ils l'apprenaient, ta vie serait en danger. Mon père est venu d'Espagne. Nous autres Séfarades avons été chassés par Isabelle et Ferdinand comme des bêtes sauvages. À l'époque, on avait besoin de nous ici. Mais il est bien vite devenu dangereux d'être juif. Aussi je me suis fait baptiser, et plus tard ton père. C'était encore possible.

Il rit.

– Cela a coûté vingt ducats ! À l'église qui est consacrée à Notre Bonne Vierge. Depuis, nous nous appelons Nostredame. Mais les temps ont changé, Michel. Notre baptême a souillé leur eau bénite, disent-ils. S'ils l'apprennent, ils nous brûleront. Tu devais le savoir. Sois prudent. S'il est vrai que tu as ce don singulier, Michel, si tu sais ce qui arrivera dans le futur, prends garde, car tu es doublement en danger. Ils diront que tu as pactisé avec le diable.

Michel réfléchit un instant. Puis il dit, très grave :

– Pourtant, tu aurais dû aider Sophie.

– Je ne le pouvais pas, Michel, comprends-le.

– Plus tard, j'aiderai les innocents. Je ne permettrai pas qu'ils soient tués à cause de superstitions stupides. Jamais.

Le grand-père lui caressa la tête.

– Ah ! Michel, soupira-t-il.

Ils reprirent le chemin du monastère. Michel se chargea du sac du médecin. Au portail, un moine les accueillit et leur fit descendre d'interminables escaliers jusqu'à une crypte sombre et enfumée. Le moine ayant posé un regard interrogateur sur Michel, le grand-père déclara que son neveu l'assisterait. Le frère les fit entrer dans une cellule où ils trouvèrent un autre moine, couché sur une mince paillasse, à même le sol. Il portait pour tout vêtement un linge passé autour des reins. Son corps était émacié suite à de nombreux jeûnes et déchiré de plaies sanguinolentes. On entendait le son lointain d'un récitatif monotone. Michel interrogea son grand-père du regard. Le vieux médecin haussa imperceptiblement les épaules, ouvrit sa sacoche, en sortit des herbes et des linges. Lorsque le moine fut revenu avec une bassine d'eau, il se mit à nettoyer les plaies. Michel fit infuser des têtes de camomille et de tilleul. Le grand-père se tourna vers le moine :

– Les plaies suppurent. Cet homme brûle de fièvre. Vous auriez dû m'appeler plus tôt. Avec quoi s'est-il flagellé ?

Le frère indiqua une chaîne à côté de la paillasse.

– Rouillée... Vous devriez être plus prudents. Un jour, l'un de vous arrivera avant son temps auprès du Seigneur. Et j'ose douter que cela Lui soit agréable...

– Monsieur de Saint-Rémy, répliqua sans aménité le moine, je ne vous prescris pas vos remèdes ; laissez-nous juges de nos règles de vie.

Le grand-père se tut, peu soucieux de se quereller avec le moine. Qu'ils se tuent à leur aise, lui ferait son travail. Avec précaution, il recouvrit les plaies de simples, trempa des linges immaculés dans l'infusion pour en panser le blessé, avec l'aide de Michel. Puis ils enveloppèrent ses chevilles de compresses humides et fraîches pour extirper la fièvre. Le grand-père recommanda de lui préparer un substantiel bouillon de volaille lorsque le malade reviendrait à lui.

Le moine les raccompagna jusqu'au portail, ils montèrent sur le siège du cocher et prirent au pas le chemin du retour. Au bout d'un moment, Michel se risqua à interroger le grand-père :

– Qu'a-t-il fait ? S'est-il blessé lui-même avec cette chaîne rouillée ?

– Ils croient que plus ils se flagellent, plus grande est leur pénitence, et plus vite Dieu les absout de leurs péchés.

– Je ne comprends pas.

– Ils se prennent pour des rédempteurs. Ils imitent sur leur corps ce qui a été infligé au Christ et croient expier ainsi les crimes des hommes. En vérité, ils s'abandonnent à leurs perversités. Ils aiment le sang et la souffrance. Et, ma foi, mieux vaut qu'ils s'infligent à eux-mêmes ces souffrances qu'à d'autres. Sinon, leurs premières victimes, ce seraient encore nous, les Juifs.

– Pourquoi ?

– Ils disent que les Juifs sont les meurtriers du Christ et doivent être maudits à jamais. Selon eux, nous sommes à l'origine de tout le mal ! Dans les temps de malheur et de désarroi, on cherche des coupables ; nous sommes aussitôt montrés du doigt. On fait de nous des démons... Il en a toujours été ainsi. Eh oui ! nous empoisonnons les puits, nous démembrons les petits enfants et nous buvons leur sang, nous blasphémons l'hostie afin de répéter le meurtre du Sauveur. Ils rejettent sur nous toutes les inventions de leurs cerveaux pervers. Voilà trois siècles, afin qu'on puisse nous reconnaître, le pape Innocent III a ordonné que nous, les Juifs, portions une marque, un petit rond de feutre jaune sur nos vêtements. Ainsi ont-ils pu aisément nous rassembler et nous assassiner. À Bâle, les Juifs ont été forcés d'élever une grande maison de bois, aux portes de la ville. Tous ont été contraints d'y entrer, après quoi on a incendié l'édifice. Voilà comment, d'un coup, ils se sont débarrassés de toute la communauté. À Strasbourg, on a rassemblé de force les Juifs – on en comptait deux mille – au cimetière, pour les obliger à creuser des fosses. Au bord de chacune de ces fosses, on a enfoncé des pieux auxquels ils se sont liés les uns les autres. Quelques-uns, qui s'étaient convertis par crainte de la mort, durent attacher et brûler les derniers. Ceux qui avaient exécuté cet horrible ouvrage pensaient qu'en échange on leur laisserait la vie sauve. La foule regardait. Les pieux avaient été plantés de sorte qu'après avoir brûlé un moment ils tombaient directement dans les fosses. Puis les convertis ont dû recouvrir les cadavres de terre. En récompense de leur peine, on les obligea à creuser de nouvelles fosses et à y descendre. Ils furent enterrés vivants. Parmi ceux qui assistaient à ce spectacle, et ils étaient nombreux, beaucoup payèrent même le droit de donner le dernier coup de bêche, des femmes aussi, qui pensaient faire œuvre pie. Toutefois, beaucoup se sentirent lésés. Quel plaisir c'était là, s'ils suffoquaient sous terre ? S'il n'y avait ni cris de douleur, ni chairs déchirées et brûlées, ni os brisés, ni dents arrachées ? Aussi ils enterrèrent leurs victimes jusqu'à la tête seulement, qu'ils enduisirent de miel. Puis ils regardèrent les araignées et les cafards sucer le miel avant de leur dévorer les yeux et de les pénétrer par les oreilles et par la bouche. Ah ! Michel, la nature des hommes est cruelle. Et tout leur est bon pour torturer et tuer impunément. De préférence au nom d'une cause juste ; cela ne peut que grandir leur plaisir. Tu dois être très prudent.

Le grand-père s'était tu. Michel n'avait plus posé de questions.

Lucille était revenue. Elle n'avait trouvé qu'un seul prêtre, qui avait refusé de l'accompagner. Tous les autres avaient fui.

– Ils laissent les hommes mourir sans les saints sacrements. Comment pourront-ils se justifier devant le Seigneur ?

– Je vais prier pour ton mari. Nous ne pouvons faire davantage.

– À quoi cela servira-t-il ?

– Crois-tu que Dieu nous en voudra si je l'aide à mourir en chrétien ?

Lucille le dévisagea avec effroi.

– Es-tu protestant ?

– Il y a deux cents ans, Lucille, la peste a sévi, aussi meurtrière qu'aujourd'hui. Quand on ne trouvait pas de prêtre, tout homme, ou toute femme s'il le fallait, était autorisé à entendre un mourant en confession. Le pape Clément IV accorda une absolution générale aux victimes de l'épidémie, car personne n'était là pour les assister. S'il te plaît, laisse-moi prier pour lui. Et sors de cette chambre. Je ne voudrais pas que la maladie te prît.

– Mon Dieu, murmura Lucille, quel mal avons-nous pu commettre, pour que Tu nous punisses ainsi ? Allons-nous tous mourir ?

Elle s'éloigna, mais sans quitter le seuil. Michel priait.

– Qu'allons-nous faire de lui ? Nous ne pouvons le laisser ainsi.

– Il faut le brûler.

– Je vais t'aider. Il est trop lourd, tu n'y arriveras pas seul.

Ils étendirent une couverture au pied du lit, firent rouler le cadavre qui tomba pesamment sur le plancher. Disposant sur lui une autre couverture, ils poussèrent hors de la pièce le corps, trop lourd pour être porté. Dans la cour, Lucille aspergea d'huile les couvertures. Michel voulait l'emmener, mais elle ne bougeait pas, les yeux fixés sur les flammes. Elle recula seulement de quelques pas, incommodée par l'effroyable puanteur. Lorsque tout fut consumé, elle cracha sur les cendres.

Ils se rendirent aux abords de la ville. Nombreux étaient ceux qui s'en allaient sur les chemins. Tous ceux qui le pouvaient quittaient la cité. Mais Michel ne souhaitait pas partir. Dans les campagnes, on n'avait pas besoin de lui. Personne n'y mourait de la peste, du moins pas encore.

Lucille l'enlaça.

– Ne me laisse pas seule, murmura-t-elle. Que feras-tu ici ? Viens avec moi. J'ai besoin de toi.

Elle le supplia, pleurant et criant, lui martelant la poitrine.

– Tu veux donc mourir ? Sois raisonnable, je t'en conjure !

– Je suis médecin, Lucille. On a besoin de moi ici.

– Alors je reste avec toi. Je t'aiderai. Je ne partirai pas seule.

– Non, dit-il.

Il l'étreignit. Elle avait les larmes aux yeux.

– Je t'en prie. Va.

Il se détourna et, d'un pas rapide, rentra dans la ville.

II

MARIE

Dans un immense champ couvert de rosiers en fleurs, des femmes coupaient des roses rouges au parfum capiteux pour les déposer dans des paniers. Un cavalier parut, qui demanda où se trouvait le docteur de Nostredame. Une femme désigna Michel. L'homme mit pied à terre et le rejoignit.

– La peste s'est déclarée à Laon. Nous comptons déjà plus de cent morts. Pouvez-vous nous aider? Nous n'avons plus de médecin.

Michel acquiesça, exhortant les femmes à travailler plus vite. Il lui fallait encore beaucoup de roses.

Raoul, un vieil homme qui secondait Michel depuis quelque temps déjà, travaillait avec plusieurs femmes dans une grande galerie. L'une pilait des herbes séchées, Raoul les pesait et, muni d'une petite pelle de bois, les versait dans une marmite au-dessus du feu, afin d'en faire une pâte. Il était las. Avec la pâte séchée et refroidie, deux femmes assises à une grande table confectionnaient des pilules qu'elles disposaient dans une jatte. Michel entra. On apportait des corbeilles pleines de fleurs. Les femmes commencèrent à effeuiller les roses puis les mirent à sécher dans un grand tamis au-dessus du foyer. Raoul se frottait les yeux.

– Tu en apportes encore ?

– La peste est revenue à Laon. À Chinon aussi, et à Aix. Il nous faut davantage de pilules. Avons-nous assez d'acore et d'aloès ?

– Oui. Mais il n'y a presque plus d'iris ni d'œillets.

– Bien. Il nous faut des iris et des œillets. Pressez-vous ! Et du cyprès ?

– Il en reste suffisamment.

Michel prit la louche des mains de son aide.

– Va t'étendre, repose-toi une heure. Nous travaillerons toute la nuit. Nous n'avons plus assez de pilules.

– Non. J'y arriverai bien.

– Allons, tu vas me tomber dans les bras ! J'ai encore besoin de toi, Raoul. Dors un peu. Nous partirons de bonne heure, demain matin.

Peu après le lever du soleil, Michel et Raoul arrivèrent à Laon. Montés sur des ânes, ils longèrent les ruelles désertes. Tout semblait mort. Des maisons étaient fermées, les fenêtres barrées, un crucifix cloué à la porte. Michel tenait au bout d'une longe un âne chargé de remèdes.

Ils se rendirent à l'hôpital munis de deux sacs de médicaments. Ils trouvèrent les malades dans les caves, pressés les uns contre les autres, couchés sur les dalles nues et froides. Beaucoup étaient déjà morts ; des rats rongeaient les cadavres. Personne n'avait la force de les chasser. Il régnait là une odeur affreuse, d'ordure et de vomi, de pus, d'excréments et de pourriture. Tout était humide et sale, les murs étaient couverts de moisissure.

Michel regarda autour de lui, désemparé.

– Ils vont tous mourir, dans cette saleté. Ils se contaminent les uns les autres.

Une vieille femme lui prit le bras et l'attira à elle en murmurant :

– Un prêtre, vite !

Michel ouvrit son col et l'examina. Il lui caressa la tête en riant.

– Vous n'avez pas besoin de prêtre !

La femme le dévisagea, épouvantée.

– Êtes-vous le diable ?

Elle se mit à hurler.

– Le diable ! Satan est venu pour nous emmener tous !

Elle éclata en sanglots et se signa craintivement.

– Ne parlez pas, dit Michel. Épargnez vos forces. Regardez : ces boursouflures ne sont pas noires. Votre sang est sain, il combat l'infection. Vous avez de la fièvre, c'est bon signe.

Il lui tendit une pilule.

– Gardez-la sous la langue, jusqu'à ce qu'elle soit fondue.

De nouveau, il lui caressa la tête.

La femme le regardait, méfiante.

– Qu'est-ce que c'est ? Vous voulez m'empoisonner ?

– Ce ne sont que des plantes, des fleurs séchées et pilées. Vous avez des centaines de roses dans la bouche. Songez aux roses !

Un médecin apparut avec son aide, dans un accoutrement grotesque : un vêtement de cuir montant jusqu'au cou, sous un tablier maculé de sang, un grand masque en forme de bec sur le visage. Des amulettes se balançaient à son cou. Il s'appuyait sur une grande canne. L'autre, vêtu de même, portait un seau et une seringue à canule. Raoul et Michel distribuaient leurs pilules quand le médecin heurta la main de ce dernier avec sa canne. Les pilules s'éparpillèrent sur le sol.

– Que faites-vous ici ?

– Je secours les malades.

Le médecin éclata de rire.

– Qui voulez-vous secourir ? Ceux qui sont là vont mourir.

Du bout de sa canne, il perça le bubon d'un malade couché devant lui. L'homme poussa un cri de douleur.

– Vous voyez, ce n'est que de la chair putréfiée et malodorante.

– Comment traitez-vous les malades ?

– Je les saigne, pour que le sang empoisonné s'écoule. Que faire d'autre ?

Il prit la seringue des mains de son aide et l'enfonça brutalement dans la chair de l'homme. Le sang coula dans le seau.

Michel écarta le médecin, ôta avec douceur la seringue du bras du malade.

– Cessez vos sottises. Vous privez ce malheureux de ses dernières forces.

Raoul se mit à panser la plaie.

– Qui êtes-vous, insensé ? demanda le médecin.

– Je suis Michel de Nostredame.

– Ah ! Ce jeune étudiant qui fait grand tapage avec ses pilules miraculeuses. Les gens sont si crédules qu'ils se raccrochent à un fétu de paille. On devrait vous arrêter, monsieur. Comment osez-vous donner de faux espoirs à ces misérables, en leur promettant...

– Je ne promets rien du tout, coupa Michel. Je fais seulement ce qui est en mon pouvoir. Leur destinée est entre les mains de Dieu.

– Alors, c'est la faute de Dieu s'ils meurent ? Voilà d'intéressants propos.

– C'est d'abord votre faute, monsieur, à vous qui trouvez bon de les affaiblir avec vos saignées.

Raoul montra la canule souillée de sang séché.

– Avec cet instrument vous portez la maladie d'une personne à une autre.

– Et les malades qui doivent rester dans cette saleté ! s'écria Michel. C'est pain bénit pour la peste. Il faut qu'ils sortent d'ici, tous.

– Si quelqu'un doit sortir, c'est vous. Partez, maintenant. Je suis le médecin de cet hôpital.

– Et tout doit rester comme il en a toujours été ! Rien ne doit jamais changer, c'est cela ? Quelles grandes aspirations ! À quelle fin avez-vous donc été mis au monde ? Pour que les choses restent ce qu'elles sont ? Alors, monsieur, votre vie n'a aucun sens. Elle était tarie avant vos premiers vagissements.

– J'appelle la garde. Vous pourrez lui raconter vos sornettes lorsque vous serez en prison !

– Laissez-moi faire mon travail. Je n'ai pas de temps pour ces querelles.

Michel gravit quelques marches pour que tous puissent le voir et s'écria :

– Je suis Michel de Nostredame. Voici ce que j'ai à vous dire : si vous restez dans ce trou, vous mourrez tous, à coup sûr. Je ne peux pas promettre de sauver chacun de vous. Toutefois beaucoup resteront en vie, mais seulement si vous sortez d'ici.

49

Le médecin rit.

– Quelles sottises ! Ces gens doivent prier et cesser de s'accrocher à leur vie. Ces pauvres diables mourront. Inutile de leur donner des espérances...

– Je vous le dis, si vous restez ici vous mourrez à coup sûr. Réfléchissez !

Un homme se leva.

– Je vous suis.

Un autre l'imita.

– Je vais tous vous examiner, un par un. Que ceux qui ont encore des forces aident ceux qui sont affaiblis. Sortez tous ! Venez !

Michel, de l'escalier, encouragea du geste les malades et prit lui-même la vieille femme par le bras avant de gravir les marches.

À présent, tous ceux qui en étaient capables se relevaient dans un brouhaha, jouant des coudes pour avancer, déchaînés, sans égard pour leur voisin dans leur désir d'échapper à la mort.

Michel, le bras levé, leur enjoignit de cesser cette bousculade.

– Par pitié ! Personne ne restera ici.

Peine perdue. Michel éleva la voix, menaçant :

– Écoutez-moi ! Je ne soignerai pas ceux qui abandonnent leurs compagnons. Ceux qui se montreront secourables, ceux-là seulement seront secourus.

Le médecin se mit à glapir :

– Oui, allez donc. C'est le diable que vous suivez. Et si l'un de vous survit, c'est au démon qu'il le devra. Car cet homme, poursuivit-il en montrant Michel, cet homme est un suppôt de Satan. Comment sinon pourrait-il vous soigner ? Même si vos misérables corps conservent la vie, vous aurez vendu votre âme !

Mais tous se ruaient vers la porte.

– Vous serez tous damnés ! Il cherche à vous dévaliser ! Il veut vos vêtements, vos bijoux, votre argent, rien d'autre ! C'est un voleur, un assassin ! Vous périrez ! Vous serez damnés !

Il avait beau s'égosiller, personne ne lui prêtait la moindre attention. Il tenta de leur barrer la route, mais ils l'écartèrent sans ménagement, le pressant contre le mur. Son aide hésita un instant puis s'engouffra dans l'escalier. D'un geste rageur, le médecin jeta sa canne dans sa direction.

Dehors, Michel s'enquérait d'une maison où régnât la propreté.

– Où trouver de l'air, de la lumière, du soleil ?

– À l'église ! cria quelqu'un.

– L'église, très bien ! Et il nous faudra de l'eau, pour que vous puissiez vous laver. Il faut brûler vos vêtements. Nous allons trouver des draps de lin que vous mettrez à bouillir avant de vous envelopper dedans.

On sortit les bancs de l'église pour les nettoyer. À l'intérieur, hommes et femmes lavaient le sol à grande eau. Subitement, l'apathie et la résignation qui régnaient à l'hôpital avaient disparu, chacun retrouvait vigueur et confiance. Devant le portail grand ouvert, on alluma un bon feu pour brûler tous les vêtements. On avait disposé partout des cuves d'eau où se lavaient les malades, les plus valides aidant les plus faibles. Raoul distribua des pilules. On rapporta les bancs dans l'église où, accolés deux à deux, ils serviraient de lits.

Un prêtre arriva. Le médecin, portant cette fois son bec à la main, l'accompagnait. Il lui montra Michel.

51

– Monsieur de Nostredame ?

– Ah ! mon père, je suis heureux de votre venue. Nous vous avons cherché partout pour vous demander votre église. Mais vous étiez sur les chemins.

Le prêtre se tourna vers le feu.

– Ce feu n'est pas nourri comme il convient, monsieur de Nostredame.

– Que voulez-vous dire ?

– Il brûlerait mieux et serait plus agréable à Dieu, je crois, si ces flammes vous dévoraient plutôt que ces haillons, répondit le prêtre en souriant.

– Je n'ai pas l'intention de me quereller avec vous, mon père. Je vous en prie, donnez-nous votre église. Il n'est pas de meilleur endroit pour secourir les malades.

– Comment vous donnerais-je ce que vous avez déjà ?

– Je vous en prie, aidez-nous. Il nous faut des couvertures et des draps. Les malades attendent de vous assistance et consolation. Donnez-leur courage. C'est aussi important que mes soins.

– L'Église, monsieur de Nostredame, se soucie de l'âme des hommes, non de leur corps, qui est le lieu du péché. Vous me comprendrez sans doute si je vous demande de déguerpir sur-le-champ.

– Sinon ?

Le prêtre montra la place. Quelques hommes de la Sainte Inquisition, revêtus de cottes noires, s'approchaient de l'édifice, accompagnés de soldats armés de lances.

L'inquisiteur de la ville, un petit homme trapu, marchait en tête. Il était en sueur, trop chaudement vêtu, le visage dissimulé par un capuchon noir.

– Si vous ne quittez pas cette église de votre propre volonté, reprit le prêtre, nous vous y forcerons.

– Eh bien ! forcez-y-moi.

Les malades se massèrent devant la porte. Coude à coude, ils empêchèrent les hommes de l'Inquisition d'entrer. Personne ne disait mot. Certains avaient empoigné des fourches. Tous étaient très calmes.

– Faites place, cria l'inquisiteur. Écartez-vous !

Il tenta en vain de se frayer un passage, de percer ce mur humain.

– C'est une rébellion ! s'écria-t-il, outré. Je vous ferai tous jeter en prison. Soyez raisonnables, faites place ! Il ne vous arrivera rien. Nous ne voulons prendre que ce charlatan. Laissez-nous entrer, sinon vous mourrez tous !

Il fit signe aux soldats qui, lances baissées, avancèrent lentement vers la foule. L'inquisiteur sentit le danger, mais il était trop tard pour reculer. Michel sortit de l'église et marcha vers l'inquisiteur.

– Que voulez-vous ?

– Monsieur de Nostredame, au nom de la Sainte Inquisition, je vous arrête.

Michel, tout près de lui, le dévisagea.

– Éminence, avant que je sois en prison, vous serez terrassé.

– Une malédiction ? Vous avez tous entendu cet homme !

Il se mit à rire.

– Vous êtes bien immodeste, monsieur, pour oser maudire un homme d'Église, placé sous la protection de Notre-Seigneur tout puissant.

– Il ne s'agit pas d'une malédiction, dit Michel en montrant le visage de l'inquisiteur. Vous avez la peste. Vous feriez bien de me laisser vous soigner, au lieu de m'emprisonner. Et de brûler l'hôpital, où la maladie s'est nichée, plutôt que moi, si vous souhaitez que cette ville survive.

L'inquisiteur hésita un moment et se tourna vers les sergents.

– En prison !

Les moribonds s'interposèrent, brandissant leurs fourches. Les soldats n'étaient guère rassurés.

Michel leva la main.

– Laissez ! Je ne serai pas parti longtemps. Raoul, mon aide, sait ce qu'il faut faire. Obéissez-lui.

Et Michel suivit les soldats.

La pièce était sombre, les fenêtres voilées. Un feu brûlait dans la cheminée bien que la chaleur fût suffocante. Au centre, quelques représentants de la Sainte Inquisition siégeaient autour d'une grande table. L'inquisiteur lui-même occupait un imposant fauteuil tendu de velours rouge. À une table plus modeste, deux clercs retranscrivaient l'interrogatoire. Michel se tenait debout près d'un pilier. Au fond, un crucifix ornait le mur.

Sur un signe de l'inquisiteur, l'un des clercs commença à lire :

– Michel de Nostredame, né en l'an 1503 à Saint-Rémy, rue de Berry. Son père était notaire et ses deux grands-pères, médecins. Il a étudié en Avignon la philosophie, la grammaire, la rhétorique et la logique, puis, à Montpellier, la médecine.

L'inquisiteur se leva. Arpentant nerveusement la salle, il desserra son col. Subitement, avec une précipitation saugrenue chez un homme de sa corpulence, il se rua sur Michel, le dévisagea, suspicieux.

– Vous avez aussi étudié l'astrologie ?

– Cela aussi, oui.

L'inquisiteur tendit la main vers les parchemins du clerc.

– Et l'astrologie. Notez, dit-il, une nuance triomphale dans la voix.

Il se tourna vers Michel.

– Et les sciences ésotériques ? L'occultisme ? Non ? La magie noire ? L'alchimie ? L'adoration du démon ?

– Je suis un homme de science, Éminence.

L'inquisiteur essuya la sueur qui couvrait son visage.

– Nous disposons de nombreux moyens de vous arracher la vérité, poursuivit-il, fébrile. Si vous persistez à nier, cela ne sera pas agréable pour vous.

Michel se pencha vers lui et lui murmura :

– Vous êtes malade, monsieur.

L'inquisiteur, haletant, pris d'un accès de faiblesse, se cramponna au pilier. Deux sergents le retinrent et le ramenèrent à son fauteuil. D'un geste impérieux, il se dégagea et, se laissant choir sur le siège, ordonna dans un murmure pressant qu'on allât chercher le médecin.

Michel s'approcha de lui.

– Le médecin vous saignera, Éminence. Et il vous tuera.

Il défit son habit, examina le torse couvert de bubons.

– Vous mourrez, Éminence, si vous ne me laissez pas vous soigner.

L'inquisiteur ricana.

– Et en contrepartie je vendrai mon âme au diable !

– Sornettes ! Réfléchissez donc.

L'inquisiteur lui tendit la croix qui pendait à son cou.

– Touchez cette croix. Alors je vous croirai.

Michel prit la croix.

– Embrassez-la, chuchota l'inquisiteur. Si vous êtes le diable, elle vous brûlera le mufle.

Michel embrassa la croix. L'inquisiteur, les yeux rivés sur lui, hocha enfin la tête.

Michel se tourna vers l'un des sergents.

– Il nous faut une civière, pour amener Son Éminence à l'église.

L'inquisiteur le saisit par le bras.

– Soignez-moi ici.

Michel fit un geste de refus.

– Ah... C'est là la vengeance raffinée que vous avez trouvée. Me faire partager le sort du commun.

– Me venger ? Je ne sais absolument pas ce que cela signifie. Je m'étonne souvent de la force qu'elle fait naître chez d'autres, mais la vengeance m'est totalement étrangère. Je ne connais pas ce plaisir.

L'un des hommes de l'Inquisition, grand, très pâle, à l'allure d'ascète, se leva.

– Pourquoi alors Son Éminence devrait-elle rejoindre les autres malades ?

– Les hommes ne sont-ils pas tous égaux devant Dieu ?

L'inquisiteur le regarda, épouvanté.

– C'est un luthérien !

– Et si je l'étais, préféreriez-vous la mort à mes soins ?

– Êtes-vous luthérien ? demanda avec anxiété l'inquisiteur.

– Non. Je suis un fidèle catholique.

– Prouvez-le.

– Volontiers. Mais si vous attendez cette preuve, vous êtes un homme mort.

– Soignez-moi ici.

– Non, car c'est à l'église que je vous soignerai le mieux. Par ailleurs, si vous me laissez m'occuper de vous, les autres auront davantage confiance en mon traitement. La foi, vous le savez mieux que moi, peut déplacer des montagnes.

De nouveau, il se tourna vers les gens d'armes :

– Portez-le dehors et brûlez ses effets.

L'inquisiteur branlait du chef.

– C'est impossible ! Ce sont les habits de la Sainte Inquisition !

– Alors vous mourrez dans les habits de la Sainte Inquisition, vous brûlerez avec vos saints atours infestés par la peste !

L'inquisiteur réfléchit puis il acquiesça faiblement.

Une épaisse fumée noire couvrait le parvis : Raoul avait donné l'ordre de brûler les cadavres sans attendre. Entre-temps, les soldats avaient formé un ample demi-cercle autour de l'église. On entendit le roulement sourd d'un tambour. Les soldats avançaient lentement, lances baissées, vers les hommes groupés près du portail, qui n'avaient pas lâché leurs fourches. Le cercle se rétrécissait. Les soldats refoulèrent dans l'église les malades restés sur le parvis. Personne ne devait réchapper du massacre, car tous avaient refusé d'obéir. Tous devaient être châtiés, même les morts, car on ne s'élève pas impunément contre un inquisiteur, contre l'autorité de l'Église. Aucune faiblesse ne serait tolérée. Hésiter, faire montre de scrupules, voire de pitié pour la détresse des pauvres, ne pouvait conduire qu'à la ruine, en ces jours où justement la Sainte Église était menacée de toutes parts, par les protestants, les calvinistes, les humanistes, par tous les bavards qui avaient inscrit en grosses lettres le mot « sujet » sur leurs drapeaux. Certes, c'étaient des sujets. Des sujets criminels, dont la place était sur le bûcher, car ils menaçaient l'ordre séculier, l'ordre du monde et celui du cosmos. Ils détruisaient la substance qui maintient la cohésion du Tout, la Loi divine qui gouverne l'Église et son représentant, l'inquisiteur. Si l'on n'en finissait pas rapidement avec eux, tout sombrerait dans le néant, le chaos.

Les soldats s'écartèrent. Michel pénétra dans l'église, suivi de l'inquisiteur, étendu sur un brancard porté par quatre sergents.

– Retirez vos hommes, lança Michel à l'officier.

En riant, il ajouta :

– À moins que vous ne teniez à abattre l'inquisiteur ?

Les soldats se regardèrent, perplexes. Michel fit volte-face.

– Vous aussi pourriez vous rendre utiles. Toute aide nous est bienvenue.

Mais les soldats reculèrent, apeurés. Soudain conscients qu'ils se trouvaient parmi des pestiférés, ils furent saisis de panique. Le premier rang s'enfuit à toutes jambes. L'officier eut beau tonner, leur intimer l'ordre de reprendre leur place et de serrer les rangs, ils jetèrent lances et sabres et se dispersèrent, épouvantés.

Michel savait qu'il devrait travailler jour et nuit, sans s'accorder de repos. Beaucoup mourraient. Mais beaucoup survivraient.

Jules Scaglier possédait une splendide demeure, au milieu d'un grand jardin planté d'arbres taillés avec art, flanquée d'une grande serre de verre abritant des plantes exotiques. En face de celle-ci, sur l'herbe, avait été installée une grande table. Les invités étaient nombreux et conversaient avec animation : assister à la fête que donnait chaque été le grand homme était un privilège très prisé. Un petit groupe de musiciens jouait. Des jeunes filles versaient du vin ou servaient des desserts.

Mme Scaglier regarda autour d'elle, soucieuse. Le banquet touchait à sa fin et son mari ne s'était toujours pas montré. Cette fois, il dépassait la mesure. Elle savait qu'il détestait cordialement la plupart des convives, qu'il trouvait fats, inconsistants et sots. Son souhait le plus cher eut été de pouvoir annuler cette fête, qui avait même provoqué une dispute entre les deux époux. Sa femme avait cherché, en vain, à apaiser son exaspération. Lui-même, arguait-elle, reconnaissait l'importance de cette fête annuelle, destinée à entretenir de bons rapports de voisinage. Certes, ils étaient fiers de compter parmi eux un homme dont la réputation de savant et de philosophe s'étendait à tout le royaume, et même au-delà, une réputation digne des hommes les plus courtisés d'Europe. Cependant, ils n'observaient pas ses faits et gestes sans méfiance. Trop hardi à se mêler des affaires de la cité, trop rigoureux, il en agaçait plus d'un. Ils auraient préféré lui élever un monument et n'avoir affaire qu'à sa mémoire immortelle. Mais Scaglier était trop haut placé ; nul ne pouvait rien contre lui.

Du moins, pas encore, se disait parfois l'inquisiteur. Mais un jour viendrait, il le savait, où ce

Scaglier monterait à son tour sur le bûcher. Et ce jour serait un jour de fête. Assis à côté de Mme Auberligne au milieu de la tablée, à la place d'honneur, il jouissait d'une vue magnifique sur le jardin ; au loin, les montagnes s'élevaient dans une vapeur bleutée.

Le maire, qui lui faisait face, n'appréciait guère davantage Scaglier. La courtoisie extrême, la loquacité et l'entregent du savant leur déplaisaient à tous deux. Ils n'y voyaient qu'arrogance. L'inquisiteur rêvait de l'arrêter et de l'interroger, de lui arracher ce sempiternel masque, indulgent et souriant, un peu blasé, pour découvrir la face grimaçante de la raison, de l'incroyance, de l'hérésie et du blasphème. Quel triomphe, si l'homme était enfin convaincu d'athéisme ! Une œuvre si profuse, une science si étendue ne pouvaient être le fait d'une simple créature humaine. Quelle puissance occulte lui dictait ses innombrables traités ? Infatigable, au point qu'il semblait pouvoir se passer de sommeil et de nourriture, Scaglier, pour se procurer savoir, vigueur et richesses, avait à tout le moins vendu le plus précieux des biens, son âme. Oui, un jour, l'inquisiteur perquisitionnerait cette maison et la saccagerait de la cave au grenier. Aucun huis, si secret fût-il, ne saurait lui échapper. Du diable s'il n'y trouvait pas matière à intenter un procès !

Il se tourna vers Mme Auberligne et leva son verre. Seigneur, quelle jolie femme ! Ils trinquèrent.

– Dans dix ans, plus personne ne parlera de ce Luther, dit-il.

– D'ici ce jour, vous en aurez brûlé des milliers d'autres, Éminence ! répondit-elle en riant. C'est qu'ils prolifèrent comme les mouches sur le fumier...

L'inquisiteur sourit. La plaisanterie était à son goût. La dame n'était pas non plus pour lui déplaire. Le vin était gouleyant, le soleil brillait. Mme Scaglier s'était montrée avisée de le placer à côté de Mme Auberligne. Il lorgna prestement son mari : celui-ci dormait, les mains croisées sur le ventre, à un bout de la table. L'inquisiteur se pencha vers sa voisine, posant familièrement sa main sur la sienne.

— Il me vient une idée, qui permettrait de joindre l'utile à l'agréable. On devrait brûler tous ces luthériens dans des poêles, l'hiver. Ils serviraient au moins à quelque chose.

Elle gloussa.

— Quelle perspective délicieuse !

Nouant ses cheveux en chignon, elle minauda :

— C'est ainsi que l'on se coiffe à Paris, ces temps-ci. Qu'en dites-vous, Éminence ? Cela m'irait-il ?

— À merveille, madame.

— Parlez-vous sincèrement ?

— Mais oui ! Il ne manque que quelques fleurs dans vos cheveux. Je vais vous en cueillir.

— Des bleues ?

— Comme vos yeux !

Rapprochant un peu sa chaise, il glissa une main sous la table, releva la jupe de sa voisine et entreprit de lui palper les cuisses et l'entrejambe. Comme il s'y attendait, cet enfer lubrique était brûlant, humide et diablement tentateur.

— Si Henri refuse de renoncer à cette Anne Boleyn, il sera excommunié, hasarda-t-il. Et expédié en enfer pour l'éternité.

— Avec son Anne ?

— Certes oui.

– Pour l'éternité ? Mais c'est merveilleux, soupira-t-elle.

– N'êtes-vous jamais sérieuse, madame ? intervint le maire.

Elle pouffa :

– Les amants ne remarquent même pas où ils sont. Au Ciel, en enfer, cela leur est égal, pourvu qu'ils soient ensemble.

Elle regarda son mari, à l'autre bout de la table ; il s'était réveillé et engloutissait une grosse part de gâteau.

– Mon mari, monsieur le maire, n'irait jamais en enfer pour moi.

Elle le regarda et, avec un sourire coquet, demanda :

– Et vous ?

Le maire, galant homme, se leva à demi et lui baisa la main avant de répliquer :

– Si vous m'y accompagnez...

Mme Scaglier vint les rejoindre.

– C'est une très belle fête, madame, la félicita l'inquisiteur.

– Uniquement parce que vous nous honorez de votre présence, Éminence, lui répondit-elle en souriant.

– Mais où est votre mari ? Il nous invite et ne se montre même pas ? Sa plaisante conversation me manque beaucoup, dit la voisine du maire, la comtesse Gallaut.

– Ah ! comtesse, vous savez bien qu'il oublie tout quand il travaille, soupira Mme Scaglier. Je vais le chercher.

– Je trouve cela tout bonnement insultant, glissa au maire Mme Auberligne en la suivant des yeux.

– C'est de la morgue, dit l'inquisiteur. Il nous méprise tous.

– Il n'a même pas la politesse de s'en cacher, renchérit le maire.

– Messieurs, pourquoi vous montrer si sévères ? On ne peut mesurer M. Scaglier à l'aune du commun, protesta la comtesse.

Mme Auberligne lui jeta un regard narquois.

– Vraiment ? M. Scaglier requerrait une aune particulière ? C'est intéressant. Racontez, en sauriez-vous davantage ?

Le maire se mit à rire et la comtesse ne put que l'imiter.

– Je dois vous décevoir, j'en ai peur. Je crois que, chez notre savant, tous les fluides chargés d'énergie et de puissance passent immédiatement dans la tête, sans détour.

– L'encre de sa plume, c'est là tout ce qu'il fait gicler ! lança le maire en se tenant les côtes.

Mme Auberligne, pressant ses cuisses l'une contre l'autre, se mit soudain à respirer bruyamment, les lèvres pincées, les narines dilatées. Puis son visage s'empourpra, elle ferma les yeux, renversa un verre. Enfin, elle poussa un long soupir.

– Qu'avez-vous, madame ? demanda l'inquisiteur. Puis-je vous aider ?

– Ce n'est rien. Je me porte fort bien.

Saisissant son verre, elle le vida d'un trait et le tendit à l'une des jeunes servantes.

– Versez-m'en encore. Aujourd'hui, je voudrais davantage de tout ce qui est bon.

– En ce cas, répliqua l'inquisiteur avec un sourire, je dois songer sans tarder à un moyen de vous satisfaire.

– Vous êtes si généreux, Éminence. Je trouverai bien une occasion de vous rendre vos bienfaits.

L'inquisiteur esquissa une courbette.

– Je suis certain que vous vous y entendrez à merveille, madame.

Il huma furtivement sa main avant de l'essuyer sur sa serviette.

Derrière eux, dans la serre, Marie se concentrait sur sa tâche. C'était une jeune fille de dix-neuf ans, d'une beauté aussi âpre et singulière que l'était son caractère. Très mince, le nez légèrement camus, les pommettes larges et saillantes, elle avait des yeux clairs très vifs sous ses sourcils fournis ; son front, haut et bombé, était magnifique. Un simple ruban retenait sa chevelure exubérante ; elle portait une robe de lin sans apprêt, protégée par un tablier. Timide, farouche, voire un peu empruntée et gauche en société, elle rougissait dès qu'on lui adressait la parole. Elle s'irritait de se laisser désarçonner aussi facilement, mais elle n'aimait ni briller ni jouer les coquettes.

Marie était possédée par son travail. Depuis deux ans, elle passait toutes ses journées dans la serre, secondant Scaglier. Une loupe à la main, elle examinait une plante posée devant elle. Trempant un pinceau très fin dans de l'ocre, elle commença à reproduire le pistil.

À son pupitre, non loin d'elle, Scaglier, armé d'un canif, tentait d'inciser une fleur du bout de la tige jusqu'aux pétales. Sa main tremblait légèrement et il se coupa.

– Je n'y arrive pas. C'est à désespérer ! La

vieillesse, Marie, la vieillesse est une vilenie, une bassesse de la nature, absolument haïssable.

Scaglier aurait bientôt soixante ans. De petite taille, mince et nerveux, plein d'énergie, toujours sur la brèche, il était prompt à s'irriter, parfois sujet à des rages folles. Mais ces emportements, comme ceux de tous les coléreux, ne duraient guère, et il n'était pas rancunier. Nul n'eut reconnu cet acrimonieux personnage dans l'homme serein et recueilli qui se plongeait dans ses recherches ou se consacrait à un auditeur attentif et amoureux de savoir. Alors, il se montrait prodigue de son temps. Mais les conversations futiles, les vains bavardages, l'ineptie, l'excédaient au point qu'il devenait grossier.

Ses mains, menues et déliées, juraient avec son grand nez charnu. Dans son vieux visage plissé d'une myriade de rides, ses yeux naïfs, émerveillés comme ceux d'un enfant, ne cessaient de questionner le monde. Un jour, Marie avait fait une caricature du vieux savant, réduite à un grand nez, de grands yeux et des mains. On ne pouvait se méprendre. Scaglier s'en était beaucoup amusé.

Marie ramassa le canif et le reposa sur le pupitre.

– Je ne vois plus rien, je deviens sourd, mes mains tremblent, maugréait Scaglier. Vieillir est une chose terrible, une véritable humiliation. Ma tête est encore jeune, pleine de projets, et me voici incapable d'accomplir le plus simple mouvement ! La nature se venge de ce que, grâce à notre raison, nous nous élevons au-dessus d'elle. Ah ! il nous est loisible de tout penser, de nous représenter l'infini, nous pouvons même nier l'existence de Dieu, mais ceci – il désignait ses mains tremblantes –, ceci montre ce qu'est véritablement notre raison : chair éphémère, corruptible, vouée à la putréfaction ! N'est-ce pas pitoyable ? Nous nous croyons sublimes. Et que devient toute cette splendeur ? Un vieillard tremblotant, bavotant, qui ne peut même plus retenir ses déjections. Mon jeune ami Michel Eyquem de Montaigne a bien raison : philosopher, ce n'est pas apprendre à mourir, comme on le dit souvent. Mourir est la plus simple des choses. Tout le monde meurt, même le dernier des imbéciles. Qu'y a-t-il là à apprendre ? Non, philosopher, c'est apprendre à vivre. À contempler sereinement sa propre décrépitude, à découvrir un sens à toute cette absurdité !

Rageusement, il jeta la plante dans un seau ; puis, délicatement, il en prit une autre qu'il posa sur la plaque de marbre avant de tendre le canif à Marie. D'un geste adroit, la jeune fille coupa la plante tandis qu'il l'observait en souriant. L'ayant placée sur une feuille de papier, il la posa sur la table, à côté de l'autre spécimen.

– Que ferais-je sans toi, Marie ? Rien n'avancerait ici, dit-il en lui caressant tendrement les cheveux.

– Je ne fais que vous importuner avec toutes mes questions, je vous vole votre temps. Vous avez tant de patience ! protesta-t-elle, confuse.

– Tu apportes tant de joie au vieil homme que je suis. Depuis que nous travaillons ensemble, j'ai retrouvé une seconde jeunesse, l'avenir s'étend de nouveau devant moi. J'aimerais te remercier.

Par la fenêtre, Marie vit Mme Scaglier traverser le jardin et s'approcher de la serre.

– Voici votre femme.

– Elle veut que j'aille rejoindre tous ces imbéciles ! Ils m'horripilent !

Mme Scaglier entra.

– Nous sommes déjà au dessert, Jules. Tes hôtes te réclament. Cela commence à dépasser la simple impolitesse.

Il s'emporta.

– Qu'ils aillent au diable ! Qu'ai-je à faire des sornettes que débitent ces idiots ?

– Je passe, moi, des heures à les entendre !

– Blanche, tu mérites pour cela tout mon amour. Épargne-moi la société de ces ignorants, je t'en prie. Mon Dieu, pourquoi faut-il que nous nous infligions cette calamité ?

– Parce que nous avons besoin d'eux. Ou plutôt, tu as besoin de l'inquisiteur, du maire et de tous ces autres messieurs. Il importe qu'ils soient bien disposés envers toi.

– Oui. Oui, j'ai besoin d'eux. Quelle époque ! Dire qu'il faut se prosterner devant ces nigauds pour pouvoir travailler en paix, de peur que le premier gredin venu ne vous dénonce et ne vous envoie rôtir !

– Crois-tu vraiment que je goûte leur conversation ? soupira sa femme. Ils ne m'amusent guère.

– Eh bien ! jette-les dehors. Ils se sont rempli la panse. Alors qu'ils s'en aillent, à présent, qu'ils chient au moins chez eux.

– Allons, viens !

Scaglier, furieux, ôta son tablier et le jeta par terre. Marie le ramassa, mais Scaglier le lui prit des mains et, le posant sur la table, dit d'un ton radouci :

– Marie, allons manger un morceau, une longue nuit de travail nous attend. Il faudra rattraper le temps que ce tas d'imbéciles nous fait perdre.

– Je préfère finir ce dessin.

Scaglier acquiesça.

– Tu as raison. Pourquoi irais-tu écouter ces balivernes ? Je préférerais rester ici, moi aussi. Mais tu as entendu ce qu'a dit mon épouse, dame avisée, fine diplomate et des plus raisonnables. Je dois aller faire mes amitiés à ces vipères.

Mme Scaglier rit.

– Tais-toi, Jules. Une injure après l'autre !

– Non, Blanche. Je le pense sérieusement et comme un compliment. Sans ton habileté tout irait à vau-l'eau. Je ne pourrais faire ce que tu fais. Tu me débarrasses de ces crapules, et je t'en remercie.

– Assez. Toutes ces louanges me semblent suspectes. Quelle abomination as-tu encore commise ?

Scaglier rit.

– Je te rapporterai quelque chose à manger, dit-il à Marie.

Puis, prenant Blanche par le bras, il sortit dans le jardin.

Marie trempa son pinceau dans l'ocre, mais, au lieu de peindre, elle le mordilla en observant Scaglier. À peine dehors, il s'était métamorphosé. Elle le regarda se répandre en amabilités, saluer les dames et leur baiser la main. Il devait être fort amusant : les femmes se pressaient autour de lui en riant de bon cœur.

La société s'était dispersée, tous flânaient dans le jardin. Les musiciens jouaient toujours. Quelques invités dansaient, d'autres jouaient au volant. Scaglier, entouré d'une nuée de dames qui se disputaient sa compagnie, s'excusant, les quitta sur une plaisanterie. Il rejoignit la table, où l'inquisiteur, Mme Auberligne, le maire et la comtesse Gallaut continuaient à bavarder.

La comtesse leva son verre.

– Le soleil se lève! Le célèbre ermite nous honore enfin de sa présence!

Scaglier, souriant, lui baisa la main.

– Tout l'honneur est pour moi, comtesse. Votre présence embellit notre modeste repas.

– Votre cuisinier s'est surpassé, remarqua le maire.

– Les tartelettes en particulier étaient exquises, dit la comtesse. Vous avez manqué un chef-d'œuvre.

– Comtesse, je peux profiter tous les jours du cuisinier. Mais, hélas! pas de mes charmants invités.

– Vous êtes un flatteur, monsieur. À quoi travaillez-vous en ce moment?

– Cela vous intéresse-t-il vraiment?

– Mais oui. Nous avons suffisamment parlé de tout et de rien.

– Nous recherchons les analogies entre la structure des éléments végétaux et celle des éléments animaux.

Mme Auberligne secoua la tête, la bouche déformée par un trait amer.

– Voilà pourquoi je n'ai pas vu ma fille depuis une semaine.

– Je vous demande pardon, madame, mais votre fille me devient chaque jour plus précieuse.

– Elle n'a plus que la peau sur les os. Elle mange à peine, ne dort presque pas. Elle deviendra vieille et laide avant l'âge et ne trouvera bientôt plus de mari, parce que votre compagnie la rend toujours plus savante. Quel homme en voudrait? Une femme qui sait tout mieux que tout le monde, sauf une chose: rendre un homme heureux! Je vois tout cela avec beaucoup de souci, monsieur.

– Il faudra que le monde s'y habitue. Les dames commencent à se piquer de sciences. Votre fille, madame, est l'une des premières. Et, permettez-moi de vous le dire, elle est très douée, et pleine de zèle. Certainement, elle contribuera aux progrès de nos recherches.

– Il vaudrait mieux qu'elle contribue à perpétuer l'espèce et donne des enfants à un bon mari qui s'occuperait d'elle. Où est-elle, d'ailleurs ? J'espérais la voir ici, répliqua Mme Auberligne avec une moue de réprobation.

– Elle préférait travailler.

Mme Auberligne leva les yeux au ciel.

– Elle est dans la serre. Si vous voulez la voir...

Elle fit mine de se lever, mais l'inquisiteur, une main dans son giron, la maintint doucement sur sa chaise, souriant. Elle se soumit.

– Vous avez pris là une grande responsabilité vis-à-vis de cette jeune fille, dit le maire, qui pelait une pomme.

– Cela me préoccupe également, ajouta l'inquisiteur.

– Cessez donc, rabat-joie que vous êtes, dit la comtesse. On ne vous prendra rien. Ce que fait cette petite est magnifique. Mais vous m'intriguez : quelle analogie y aurait-il entre les plantes et les animaux ?

– Nous supposons qu'ils ont la même origine. Peut-être les plantes se sont-elles développées à partir des premiers vers, dans les eaux.

– Croyez-vous vraiment ?

– Nous en savons encore bien peu. Il n'est pas douteux que les animaux les plus imparfaits, les rejetons de la mer, tels les coraux, sont de nature mi-végétale, mi-animale. Ces plantes marines gélatineuses sont à la fois à l'origine des vers et des fougères, par des voies divergentes. Par conséquent, si ce que nous pensons est vrai, il doit se trouver des analogies dans leur structure. Et, je l'affirme, celle-ci ne diffère pas de la nôtre. L'architecture est la même, mais plus complexe.

La comtesse gloussa.

– J'aurais donc un ver pour ancêtre ?

– Mais un très joli ver ! s'esclaffa le maire.

Mme Scaglier s'approcha, tendant une corbeille de confiseries. L'inquisiteur prit une praline. La comtesse s'était emparée d'un quartier de pomme qu'elle contemplait, pensive.

– Si tout s'organise selon la même architecture, tout doit avoir des fibres et des nerfs, observa-t-elle. Si l'on mord la pomme, elle doit éprouver la même douleur que si on vous mordait le bras.

Scaglier acquiesça.

– C'est probable. Mais, fort heureusement, la pomme n'a pas de bouche pour se plaindre du tort qu'on lui fait.

– Pensez-vous que je lui fasse vraiment subir un tort en la mangeant ? demanda la comtesse avec coquetterie.

Scaglier rit.

– Non, comtesse. Cela ne vaut que pour nous autres mortels. Si la pomme le pouvait, sans doute pousserait-elle des cris d'allégresse lorsque vous la croquez, car c'est ainsi qu'elle atteindrait le terme de sa destination naturelle.

La comtesse sourit, flattée.

– Vos compliments sont plus doux encore que vos desserts.

– Vous vous mouvez sur un terrain dangereux, déclara l'inquisiteur en glissant discrètement sous la table celle de ses mains qui tenait la praline, sous le regard un peu irrité de Mme Auberligne.

– Que voulez-vous dire ? demanda Scaglier.

– Eh bien ! le récit de la Genèse nous donne sur l'apparition des espèces une explication bien différente de la vôtre.

– Tout ce qui est a été créé par Dieu, répondit Scaglier. Ce que nous voulons, c'est seulement connaître le secret merveilleux de cette œuvre et de son infinie richesse.

– Pourquoi ?

Scaglier leva des yeux stupéfaits sur l'inquisiteur.

– Vous demandez pourquoi ?

– Oui, pourquoi ? Les gens en seront-ils meilleurs ? plus pieux ? plus travailleurs ?

– Cela, je l'ignore... Cela vaut la peine d'essayer...

L'inquisiteur l'interrompit.

– Pourquoi étudier, dès lors que vous en ignorez l'utilité ? Je vous croyais un homme de science. La fin du savoir devrait être, du moins je l'entends ainsi, d'amender l'humanité pécheresse. N'est-ce pas votre avis ?

Il reposa sur la table la praline couverte d'une fine pellicule veloutée et blanchâtre et l'examina. Une gouttelette perlait sous la friandise que l'inquisiteur avala avec délices.

Mme Auberligne ne put réprimer un sourire attendri. Elle tendit la corbeille de confiseries à l'inquisiteur qui reprit une praline, mais, à son grand désappointement, la savoura sur-le-champ. Les yeux fixés sur Scaglier, il brûlait d'entendre ses arguments, priant pour que l'autre le contredît.

– Si je vous entends bien, votre travail ne vise qu'à miner l'autorité de l'Église. À quelle fin ?

Croyez-vous vraiment favoriser la piété et la morale en enseignant aux hommes qu'ils sont la lointaine descendance d'un ver ?

Le sang au visage, il haussa la voix :

— Répondez !

Les invités se retournèrent.

Mme Scaglier s'inquiéta : l'entretien prenait une tournure déplaisante. L'inquisiteur ne badinait pas. Elle vit son mari hésiter. Il n'était certes pas à court d'arguments, mais se taire était plus prudent. Elle le regarda dans les yeux, sachant déjà qu'il ne pourrait s'y résoudre. Quel démon l'habitait donc ? Elle décida d'intervenir.

— Ces messieurs daigneront-ils faire honneur au frais vin mousseux que je leur apporte ? Vous me semblez bien échauffés par la conversation. Jules, en prendras-tu aussi un verre ?

Le maire applaudit :

— Quelle merveilleuse idée ! Je crains que notre saint homme ne s'enflamme pour de bon, tant sa figure est rouge. Vous devriez prendre garde à votre cœur, Éminence.

— Vous n'avez pas répondu à ma question, monsieur, s'entêta l'inquisiteur.

— Laissez-le donc en paix, dit le maire. M. Scaglier est un homme qui craint Dieu, et son travail nous apporte à tous maintes bénédictions. Vous le savez comme moi.

— Si ces bénédictions coulent d'une source impure, je n'en veux pas. Pardonnez ma franchise, mais je ne cesse de me demander d'où viennent les prodiges dont M. Scaglier nous régale et nous ébahit.

— Je fais ce que je fais parce que je pense que cela peut être utile.

– À qui ?

– À vous-même, peut-être. Un médecin ne pourra vraiment vous secourir qu'en sachant comment votre corps est fait, de quelle manière, par exemple, vos humeurs se mêlent. Alors seulement il saura quel remède prescrire et quelle infection combattre. Telle herbe guérit tel mal, mais par quel mystère ? Comment vient-elle à bout de la maladie, comment favorise-t-elle la santé ? Il doit se trouver dans la plante une substance qui correspond à une de nos substances corporelles. C'est ce que j'appelle la sympathie. Sans elle, on ne pourrait expliquer cet effet guérisseur.

La comtesse l'avait écouté attentivement.

– Ce M. de Nostredame, dont on fait tant de cas ces derniers temps, met toute son ardeur à de semblables études. On dit que ses pilules de rose font des miracles contre la peste.

– Ce ne sont que des sottises, dit l'inquisiteur.

– Tel n'est pas mon avis, murmura Scaglier.

– Sottises, vous dis-je !

– Il a obtenu très brillamment ses titres de médecin, observa la comtesse. Et le succès de sa cure devrait vous faire réfléchir, Éminence.

– Vous croyez à ces tours de passe-passe ?

– Mais oui.

– Comme le monde se laisse prendre facilement par ces charlatans ! Si, grâce à la Providence, une poignée de pêcheurs repentis réchappe de la peste, sous prétexte que dans leur voisinage quelqu'un distribue des pilules, on se prosterne devant lui...

– Vous aurez bientôt l'occasion de le connaître, dit Scaglier, et de vous faire votre propre opinion. Je l'ai invité.

– Qu'avez-vous fait ? s'exclama l'inquisiteur, stupéfait.

– Je suis très curieux d'en apprendre davantage sur ses travaux. Si la moitié seulement de ce qu'on dit de lui est vrai, cet homme est un génie.

– Vous savez pourtant tous que la Sainte Inquisition s'intéresse à lui ! s'écria l'homme d'Église.

– Oui, surtout depuis qu'il a soigné et sauvé un inquisiteur qui l'avait jeté en prison, rétorqua la comtesse en riant.

Scaglier ne put réprimer un sourire avant de poursuivre :

– Quant à votre question, dans la mesure où j'essaie de dévoiler le secret de la vie, j'aide bel et bien les hommes à être pieux. Je leur permets de vivre plus longtemps. Or, un mort peut difficilement faire œuvre pie, ne croyez-vous pas ?

– Il a raison, dit le maire, jovial. Scaglier, vous êtes malin. Buvez, Éminence, ajouta-t-il en remplissant de vin le verre de l'inquisiteur. Montrez-vous plus tolérant ! Laissez donc travailler cet homme. Lui ne se mêle pas de vos travaux.

Mme Scaglier respira. Cette fois encore, d'un trait d'esprit, son mari avait renversé la situation avec élégance. Mais elle voyait bien que l'inquisiteur, qui à présent s'était joint aux rires, n'était pas satisfait. Il ne lâcherait pas prise. Sa proie était trop belle. Il avait trouvé sa trace et il ne voudrait pas la perdre.

Michel descendit de la barque. Il était venu par le fleuve, le chemin le plus court pour se rendre chez Scaglier. Un serviteur l'aida à mettre pied à terre et prit son bagage. Ils se dirigeaient vers la maison, coupant à travers prés. Mme Scaglier, l'apercevant, adressa un signe discret à son mari. Celui-ci se leva en s'excusant et rejoignit Michel.

– Monsieur de Nostredame ?

– Monsieur Scaglier ?

– Je me réjouis de votre arrivée. Ce long voyage vous a-t-il fatigué ? Voulez-vous vous reposer ?

– Comment serais-je fatigué ? Je suis si pressé de faire votre connaissance ! Je ne sais comment vous remercier de votre invitation.

– Auriez-vous faim ?

– Seulement d'une conversation avec vous.

– J'ai bien peur que cela ne vous rassasie point, dit Scaglier, amusé.

Il héla le serviteur qui les accompagnait.

– Apporte-nous de quoi manger, dans la bibliothèque. Nous y serons mieux pour parler.

L'inquisiteur regarda les deux hommes entrer dans la serre.

– Est-ce là votre célèbre Michel de Nostredame ?

La comtesse se retourna.

– Si jeune ? J'espère qu'il restera longtemps. Et que nous le reverrons.

Marie reproduisait les fines racines des plantes quand Scaglier et Michel s'approchèrent d'elle.

– J'aimerais vous présenter Mlle Auberligne. Elle est mes yeux et ma main. Sans elle, je ne suis plus rien.

– Bonsoir, mademoiselle, dit Michel en s'inclinant légèrement.

– Bonsoir, monsieur.

– Voici M. de Nostredame.

Marie le regardait avec curiosité.

– Nous avons beaucoup entendu parler de vous, monsieur.

– Les gens exagèrent toujours. Mais cela n'est pas sans avantage ; peut-être ne m'auriez-vous pas invité autrement.

– Venez, dit Scaglier. Allons dans la bibliothèque. On peut y accéder sans passer par la maison. Il y a un an, j'ai fait percer une porte. Ainsi je peux quitter cette serre, où nous aimons beaucoup à travailler, pour me rendre à mon laboratoire ou à la bibliothèque, sans être obligé de voir quiconque.

Il ouvrit la porte et s'effaça devant Michel. Marie s'était levée et s'apprêtait à les suivre. Mais Scaglier referma la porte sans lui prêter attention. Déçue, Marie demeura un moment immobile, puis regagna sa table. Elle saisit son pinceau pour le reposer aussitôt. Elle s'appuya à la fenêtre pour contempler le jardin où l'on avait allumé des torches et des lampions, écoutant les musiciens. Quelques couples dansaient.

Les livres tapissaient chaque mur, jusqu'au plafond. La pièce comprenait deux étages, séparés par une galerie accessible par un escalier en vrille. Une immense table, couverte de volumes ouverts et de cartes, occupait le centre de la bibliothèque. Scaglier et Michel, installés à une petite table près de la fenêtre, pouvaient voir la serre où Marie s'était remise à peindre. Michel mangeait du rôti froid avec grand. appétit ; Scaglier s'était contenté d'un verre de vin. Il examinait les pilules de Michel. Il les flaira, en broya quelques-unes et, pour finir, en goûta un peu.

– Quel est selon vous, dans ceci, le principe qui vient en aide aux malades ?

– Je l'ignore. Je ne dispose pas des instruments qui me permettraient de le découvrir. Ma méthode est des plus primitives : l'essai et l'erreur. Mes maîtres, ce sont les bêtes.

Michel poursuivit, après un instant d'hésitation.

– Ces maîtres, c'est une Sophie qui me les a montrés.

– Qui cela ?

– Sophie était notre servante. Petit garçon, j'étais très amoureux d'elle. Elle connaissait bien les simples, c'est pourquoi on l'a brûlée.

– Nous vivons des temps difficiles.

– C'est ce que disait toujours mon grand-père.

– Vous pensez que cela empire ?

– Je ne sais. Je ne suis ni chroniqueur ni philosophe.

Scaglier le regarda.

– Peut-on être médecin sans être philosophe ?

– Je ne suis pas encore un bon médecin. Voilà pourquoi je suis ici. J'attends beaucoup de cette visite.

– Le monde s'est éveillé de son sommeil. Bien des siècles d'obscurité, de superstition, de croyances erronées et d'imbécillité sont maintenant derrière nous. Et devant nous, il y a du travail. Il nous faut commencer par réapprendre ce qui se savait bien avant nous. Car tout a été oublié. Connaissez-vous le latin ?

– Le latin, et le grec.

– Très bien. Nous gagnerons du temps. Nous devons apprendre tout ce qui fut pensé dans l'Antiquité. Ce sont les fondements sur lesquels nous devons bâtir. Savez-vous ce qui me fascine ? Que les hommes ont tout su, et qu'ils ont tout oublié, sombrant dans la plus profonde barbarie, dont aujourd'hui nous nous extrayons à grand-peine. Les pièces d'Euripide, les épopées d'Homère, les statues de Myron, son *Discobole* et son *Coureur*... tous possédaient un tel savoir ! Je ne songe même pas à leurs œuvres – je me contente de les admirer –, mais à leur art, leur ingéniosité. Ils ont construit autrefois des demeures plus hautes que les plus hautes de nos églises. Le saviez-vous ?

Il rit et poursuivit :

– Ils n'étaient pas modestes. Ah ! nous sommes bien éloignés de ce qui alors allait de soi. Qu'avons-nous perdu ! Il faudra encore bien des morts avant de regagner une parcelle de leur magnifique liberté. Dites-moi, comment en êtes-vous arrivé aux roses ?

Michel s'adossa à son siège.

– J'ai fait des essais. J'ai présenté à des animaux malades différentes plantes. Ainsi, j'ai conclu que les feuilles de rosier devaient contenir une substance mystérieuse, qui fortifie la résistance à la maladie. Mais je crois que l'hygiène est plus bénéfique encore que mes pilules. La propreté, la lumière, l'air, des vêtements et des lits propres. Les gens vivent dans un cloaque.

– Vous n'avez pas peur de la contagion ?

– Non. La nourriture aussi est importante. Pas d'aliments gras ni de viande de porc.

– Êtes-vous juif ?

Michel tressaillit.

Scaglier posa sa main sur celle du jeune homme.

– Je suis très heureux que vous soyez là. Quand êtes-vous né ?

– Vous voulez tirer mon horoscope ?

– Oui.

– Le 14 décembre 1503, à midi, à Saint-Rémy. Le Soleil et Mercure étaient en conjonction, au zénith, dans le signe du Capricorne, Mercure en décroissance ; de même Jupiter, Saturne et Mars. Tous en conjonction dans le Cancer, signe d'eau.

– Vous vous intéressez aussi à l'astrologie ?

– Oui.

Scaglier alla chercher sur la grande table quelques cartes et des tables zodiacales qu'il étendit devant lui. Suivant de l'index la myriade de lignes, il expliqua :

– Le grand trigone aquatique des cinq planètes est très puissant. La Lune est ancrée dans le Scorpion. Vous savez survivre. Ce qui est heureux, car il y a en vous une forte aspiration à percer les énigmes de phénomènes peu communs. D'après la conjonction des planètes en décroissance, Jupiter, Saturne et Mars, vous disposez pour cela d'un instrument magique. Le trigone est porté dans les Poissons par Uranus. Les visions extatiques ne vous sont donc pas étrangères. Mais je constate aussi une grande curiosité de savant pour ce qui n'affleure pas à notre conscience. Uranus dans les Poissons vous garde heureusement des divagations insensées. Vous examinez avec soin toute chose, et d'abord vous-même. Vous êtes irritable, sensuel, passionné, émotif. Cela vous rend sensible.

Il releva les yeux et sourit.

– Aux tentations de ce monde, tout aussi bien. Prenez garde, là, un péril vous guette. Il vous faut diriger toutes vos forces sur l'essentiel, vous n'avez le droit ni de vous perdre ni de vous éparpiller. Quant à la passion, elle est semblable au cheval. Tenue par la bride, elle est bénéfique et utile, mais déchaînée et nuisible dès qu'on lâche les rênes. Ce vers quoi elle tend, cela seul fait d'elle un vice ou une vertu. Il dépend de vous, monsieur. Or vous avez un caractère véritablement extraordinaire.

Il enroula les cartes et conclut :

– Cette nuit, je dresserai vraiment votre horoscope. Il m'intéresse beaucoup... Vous devez être fatigué, et je dois encore travailler. Mes hôtes m'ont coûté trop de temps. Nous prenons le repas du matin à sept heures et demie.

Il raccompagna Michel à la porte.

– Marie vous montrera votre chambre. Combien de temps pouvez-vous rester ?

– Je ne sais pas, je n'ai pas encore...

– J'espère que vous avez un peu de loisir.

Il ouvrit la porte et appela :

– Marie, s'il te plaît, mène monsieur de Nostredame à sa chambre. Et reviens ensuite.

Marie conduisit Michel au premier étage. Elle tira les rideaux. Michel alla à la fenêtre et l'ouvrit. Elle donnait sur la serre.

– Travaillez-vous depuis longtemps avec lui ?

– Deux ans.

– Il n'est pas fréquent qu'une femme s'intéresse à ce genre de choses.

– Serais-je mieux inspirée de rester derrière mes fourneaux ?

Michel rit.

– Non !

– C'est pourtant ce que prétendent mes parents et la plupart des gens ici. Ils sont tous comme ce vieil abbé Antoine, qui ordonnait à Magdalia de laisser là les livres. Je ne peux plus entendre de tels conseils ! Quand une femme possède quelque

81

savoir, les hommes prennent peur car elle n'est plus aussi soumise et ne se laisse plus gouverner comme par un despote. Mais si la science des femmes vous effraie tant, je peux vous donner un conseil : devenez meilleurs vous-mêmes. Peut-être alors cesserez-vous de traîner dans les auberges jusqu'à ce que l'eau-de-vie vous sorte par les oreilles.

— Avez-vous lu Érasme ?

— Connaissez-vous ses traités ?

— Oui.

— Eh bien ! trouvez-vous répréhensible qu'une femme les lise ?

— Point du tout !

— Il faudra vous accoutumer à ce que nous autres femmes fassions ce qui est bon pour nous.

— Ainsi ce qui était inhabituel devient habituel, et désagréable ce qui était agréable...

— ... *fiet decorum quod videbatur indecorum...*

— ... et seyant ce qui n'était point seyant !

Michel sourit.

— Vous m'en imposez.

— Parce que vous êtes orgueilleux.

— Je vous complimente, et vous m'insultez.

— Je n'entends point là de compliments. Vous êtes frappé parce que j'ai lu Érasme. Mais vous aussi, vous l'avez lu, or vous ne m'en imposez nullement. Tout le monde devrait lire Érasme. Dormez bien.

Elle était sur le point de quitter la chambre lorsque Michel lui demanda :

— Comment l'avez-vous connu ?

— Je cueillais des herbes pour lui quand j'étais enfant. Plus tard, j'ai lu tous ses livres. J'avais treize ans.

Elle se mit à rire et poursuivit :

– J'ai relevé toutes les fautes d'impression et les lui ai montrées. D'une façon ou d'une autre, cela a dû le surprendre.

Marie sortit et referma la porte.

De la fenêtre, Michel la regarda entrer dans la serre et la héla :

– Vous verrai-je demain ?

– Je ne quitte pas cet endroit.

Michel rentra dans sa chambre, songeur. Ayant défait son sac, il se coucha et feuilleta un livre, mais, incapable de se concentrer, il retourna à la fenêtre observer la serre. Sur la table, il pouvait distinguer les feuilles et les pétales, à la lueur vacillante de la chandelle de Marie. Elle travaillait encore. Soudain, elle se retourna, l'air agacé. Michel sourit. Elle se remit à peindre, puis, tout à coup, se leva pour disposer un grand paravent derrière sa chaise.

Michel retourna au lit, souffla la bougie. Il était exténué, mais ne parvenait pas à s'endormir. Peu avant l'aube, il sombra dans un sommeil agité. Il rêvait de Sophie. Elle était sur le bûcher. Michel voulait la rejoindre, trancher ses liens, mais les sergents le retenaient. Pour la première fois dans ce rêve, il n'était plus un enfant. Le bûcher s'embrasa, les flammes s'élevèrent, dévorant sa robe et sa peau. Sophie était tout en feu. Le souffle brûlant fit voleter ses cheveux avant de s'en emparer. Michel réussit enfin à se dégager. Il gravit les marches, rejoignit Sophie, mais sa tête retomba sur sa poitrine. Elle était morte.

Le matin, Michel trouva Marie, Scaglier et sa femme déjà attablés dans le jardin.

Il les salua et posa un pot de confiture sur la table.

– Avez-vous bien dormi ? s'enquit Mme Scaglier.

– Comme une marmotte. Je l'ai faite moi-même, dit-il en montrant le pot.

Il s'assit et regarda Marie, mais elle garda les yeux baissés sur sa tartine.

Scaglier ouvrit le pot.

– Ah ! de la confiture de coings. Un délice ! L'avez-vous vraiment faite vous-même ? Vous devriez y goûter, dit-il en tendant le récipient à sa femme.

– Cela m'a permis de gagner un peu d'argent, lorsque j'étais étudiant. J'en vendais sur le marché. Mais elle ne se conserve pas longtemps ; il faut vite la manger, avant qu'elle ne moisisse.

Scaglier se leva.

– Restaurez-vous tranquillement, puis retrouvez-moi dans la bibliothèque. Nous avons à parler.

Il regarda Marie.

– Tu n'as même pas goûté la confiture !

– Je n'aime pas les sucreries.

La rudesse de sa voix surprit Scaglier, qui haussa imperceptiblement les épaules et partit vers la serre. Marie quitta sa chaise et le suivit. Mme Scaglier tenta de rasséréner Michel :

– Ne le prenez pas mal.

– Qu'elle n'ait pas goûté ma confiture ?

– Non, dit-elle en riant. Que mon mari vous laisse seul ici.

– Mais vous êtes là. Ou bien allez-vous vous lever et partir à votre tour ?

– Je vous tiendrais volontiers compagnie, mais ce n'est pas pour moi que vous avez fait ce voyage.

Elle jeta un regard à la serre et expliqua :

– Sa vie est réglée comme une horloge. Chaque matin, à huit heures et quart, il se rend dans son laboratoire pour écrire. L'après-midi, il étudie les plantes, les pierres... Tous les jours, il travaille jusque tard dans la nuit. À vrai dire, je ne le vois qu'au premier déjeuner.

– D'autres femmes passent des heures avec leur mari, mais pour quoi ? Je suppose que quelques minutes avec lui rachètent tout.

Elle sourit.

– Gardez de telles consolations pour votre femme, si elle se plaint ! Dites-lui donc que quelques minutes avec un génie pèsent plus que des heures avec un imbécile ! Vous autres hommes, vous êtes tous pareils...

– Je ne suis pas marié.

Après avoir mangé, Michel entra dans la serre et se pencha sur l'épaule de Marie. Elle sursauta, comme si elle eût craint qu'on ne la malmenât.

– Il vous attend, dit-elle en montrant la porte.

Puis elle se remit à sa peinture. Michel s'étonnait de sa sécheresse. Que lui avait-il fait ?

Il se dirigea vers la bibliothèque. Quand il eut disparu, Marie leva les yeux et jeta son pinceau d'un geste rageur. L'ocre se répandit sur le dessin. Elle saisit la feuille et la froissa en boule.

Michel avait pris place devant Scaglier, assis derrière sa table. Celui-ci l'observa longuement avant de déclarer :

– J'ai étudié avec soin votre horoscope. Je vous fais une proposition : restez ici. Je vous apprendrai tout ce que je sais. Ne me répondez pas maintenant, réfléchissez. Donnez-moi demain votre réponse.

Il se leva.

– Marie vous fera visiter la ville.

Michel le regarda, dubitatif.

– Je doute que cette perspective l'enchante.

– Dites-lui que je l'en prie.

Michel et Marie longeaient la Garonne. Sur l'autre rive, derrière les arbres, ils apercevaient les toits de la ville. Marie marchait si vite que Michel avait peine à la suivre. Ils n'avaient pas échangé une parole. Il sentait combien elle était furieuse que Scaglier l'eût obligée à l'accompagner. Excédé, il saisit Marie par le bras.

– Rentrons.

– Bien.

Elle fit volte-face, sans ralentir le pas. Il la rattrapa.

– Pourquoi m'accompagnez-vous, puisque cela vous ennuie tant ?

– Parce qu'il me l'a demandé.

– Faites-vous tout ce qu'il vous demande ?

– Oui.

– Je ne vous crois pas, dit Michel, amusé.

– C'est pourtant vrai.

– Mais pourquoi ?

Marie lui fit face.

– Parce qu'il est intelligent et bon. Parce qu'il est plus savant que tous ceux que je connais. Pourquoi ne ferais-je pas ce qu'il me demande ?

– Mais vous...

– Je n'ai pas envie d'en parler.

Elle se remit à marcher à pas vifs.

Michel resta immobile, interloqué.

– Moi aussi, je sais beaucoup de choses ! finit-il par lancer.

Marie ne se retourna pas. Presque en courant, elle passa le pont et regagna la ville. Michel s'assit sur la berge, dans l'herbe haute. D'un geste furieux, il jeta un caillou dans le fleuve. Des truites affolées se dispersèrent.

L'après-midi, il alla la trouver dans le laboratoire. Elle pesait avec grand soin une poudre qu'elle versa dans une fiole. Michel se planta derrière elle. Elle ne montra aucun agacement, tant elle était absorbée par sa tâche

– Vous ne m'aimez guère.

– Pourquoi dites-vous cela ?

– Sauriez-vous m'apprécier ?

– Je n'y ai pas encore réfléchi.

– Y a-t-il besoin de réfléchir ?

– Fort bien : je ne vous aime pas. Me laisserez-vous en paix, maintenant ? J'ai du travail.

– Moi aussi. Je n'aime guère l'oisiveté.

– Lisez ! Allez donc au ballet ! Une troupe de Paris se produit aujourd'hui en ville.

– Irez-vous ?

– Non.

– Scaglier ne vous accorde-t-il jamais de repos ?

– Qu'en ferais-je ?

– Eh bien... par exemple, vous iriez au ballet.

– Qu'ai-je à faire de ces inepties ?

Il s'assit, croisa les bras derrière le dossier de sa chaise en l'observant, amusé.

– Me laisserez-vous enfin en paix ?

– Mais je ne vous ai rien dit !

– Ignorez-vous comment vous occuper ?

Scaglier apparut.

– Je suis content de vous trouver ici. Vous devriez aller au ballet ensemble, ce soir. Une troupe de Paris est arrivée. Le maire m'a donné des billets.

Marie ferma les yeux un instant et prit une profonde inspiration.

– Allez-y donc ! Votre femme en sera certainement ravie, dit-elle avec gentillesse.

– Oh ! mais elle l'est déjà : elle y va avec une amie.

Il lui tendit deux billets.

– Une loge au milieu, au premier rang. On ne laisse pas perdre ce genre de billets. Vous vous amuserez sûrement beaucoup.

Michel ne put s'empêcher de rire. Marie le fusillait du regard.

– Ai-je dit quelque sottise ? demanda Scaglier.

– Au contraire, répondit Michel. Nous parlions justement du ballet. Et de la difficulté de trouver des billets.

– Alors, cela tombe à merveille !

Michel se leva.

– Je viendrai vous chercher à sept heures. Je me réjouis de cette soirée !

Il sortit du laboratoire, ravi.

– Un homme très agréable, dit Scaglier, en examinant le spécimen que Marie lui avait préparé.

Le parterre jubilait, applaudissait, acclamant si fort les danseurs que l'on n'entendait plus la musique. Le spectacle dépassait en grivoiserie tout ce qu'on avait jamais pu voir dans ce théâtre. Le danseur, saisissant sa partenaire par les hanches, la lança en l'air, puis l'attira vers le sol, où elle se reçut en grand écart. Sans changer de position, elle exécuta un tour complet du buste, lascive. Son partenaire, émoustillé, se mit à voleter comme un papillon, puis se métamorphosa en aigle aux aguets et fondit sur elle. Mais, d'une roulade, elle se mit hors de portée. Il la poursuivit à grands bonds audacieux. Pirouettant, vive comme l'éclair, elle lui échappa. Alors, d'un geste ample, la mine attristée, il indiqua son membre proéminent. La danseuse, émue par tant de simplicité et de détresse, le rejoignit à petits pas et lui saisit tendrement l'entre-cuisse. Il l'attira à lui, tout réjoui, voulut prendre dans ses bras la coquette qui se dégagea de nouveau. Il n'aurait rien pour rien, semblait-elle dire. Furieux, il trépigna, l'empoigna rudement par les hanches, la fit voler dans les airs et la rattrapa par les pieds. Sans autre appui que les paumes de son partenaire, tout là-haut, la danseuse vacillait. Subitement, il la laissa tomber. Un cri parcourut l'assistance. Mais avant qu'elle se fût brisé le cou sur le sol, le danseur glissa prestement un bras entre ses jambes, lui plaquant une main sur le derrière. Assise sur le bras de l'homme, lascive, elle se frotta contre lui, ondulant, tressautant. Il arracha ses atours de soie et de dentelle. À présent vêtue d'une chemise diaphane, la danseuse enroula ses jambes autour du torse de l'homme, l'agrippant fermement. Puis, lentement, elle se laissa tomber en arrière, jusqu'à toucher le plancher. Elle saisit le danseur par les cheveux et l'attira contre ses seins, comme pour l'absorber ; puis, se cambrant, elle le repoussa. Lui ouvrit les bras, tel un épervier en essor. Lentement, elle le fit glisser sur elle. Allongés, front à front, lèvres à lèvres, confondus jusqu'aux orteils dans un même corps, ils restèrent ainsi sans bouger jusqu'à ce qu'enfin, d'abord imperceptible, puis de plus en plus violente, une vague se saisît d'eux qui les entraîna au large, où l'ouragan soulevait l'onde et faisait rouler l'écume. Semblable à un chien, à un bouc, à un âne sauvage, il s'enfonçait de toutes ses forces en elle, une pouliche, une éléphante. Mais la danseuse, tournant vers le parterre un visage morose, fit signe aux spectateurs d'encourager son compagnon. Tous, debout, se mirent à hurler, vociférant à l'envi. Qu'il se transforme en tigre, ce bon à rien, en sanglier, en étalon ! La musique n'était plus qu'un vacarme infernal, une cacophonie de couacs et de criailleries, le tambour battait dans un bruit de ferraille, les archets grinçaient sur les éclisses. Le batteur de mesure, ayant jeté sa baguette, cognait furieusement un marteau sur une enclume.

Marie, déconcertée, regardait la foule autour d'elle et Michel regardait Marie. La colère la rendait magnifique. Elle se ressaisit.

– Pouvons-nous enfin partir ?

– Maintenant ?

– Ce spectacle ne vous ennuie-t-il pas ?

Le sang aux joues, elle se leva et quitta la loge. Michel jeta un dernier regard à la scène, puis se hâta de la suivre. Marie dévalait l'escalier. Elle s'arrêta un instant, se retourna.

– Je ne m'en vais pas par pruderie, sachez-le. Je trouve ce spectacle vulgaire et dégradant. Plus grave encore, cette impudeur attente à l'ordre du monde. C'est une charge contre le bonheur. Je crache dessus !

Furieuse, elle reprit sa course et s'empêtra dans l'ourlet de sa robe. Michel parvint de justesse à la rattraper, lui évitant une mauvaise chute. Il lui sourit.

– Pourquoi me regardez-vous ainsi ? demanda-t-elle. Est-il si étrange que l'on tombe ?

– Je me demandais seulement pourquoi l'on tombe lorsqu'on trébuche.

– Quoi ?

– Regardez.

Il prit les billets dans sa poche et les lâcha.

– Pourquoi tombent-ils sur le sol ?

– Parce qu'ils sont pesants.

– Aha ! Et qu'est-ce donc, sagace demoiselle, que la pesanteur ? Ce qui, toujours, fait tomber les objets à terre ?

Il ramassa les billets et les lança en l'air, les regarda voleter vers le sol.

– Pourquoi ne tombent-ils pas vers le haut, mais toujours vers le bas, comme s'ils étaient attirés par une force magique ?

– Avez-vous une réponse ?

– Non. Nous ne savons rien de rien. Je ne sais pas pourquoi mes pilules de rose sont efficaces ni pourquoi les pierres tombent. Et encore moins pourquoi vous ne m'aimez pas.

– J'ai dû passer tout un après-midi à me promener, à cause de vous. J'ai dû assister à un ballet ignoble, à cause de vous. On me demande de parler de confitures, à cause de vous. Que vais-je encore devoir faire à cause de vous ?

– Que préféreriez-vous ? Travailler, sans doute. Pardonnez-moi. Je vous raccompagne. Où logez-vous ?

– À deux chambres de la vôtre

– Ah...

Revenu chez les Scaglier, Michel ouvrit la porte, l'engageant à entrer la première. Mais Marie poursuivit son chemin.

– Où allez-vous ? Ne me dites pas que vous voulez encore travailler !

– Ayez la bonté de me laisser enfin en paix !
J'aimerais terminer ce que j'avais l'intention de faire
aujourd'hui.

– Pardonnez-moi. Je ne sais comment me
comporter avec les femmes. Je me conduis comme
un lourdaud.

Marie le regarda, surprise. Après un bref sourire,
elle inclina la tête et se dirigea vers la serre. Michel
la suivit des yeux, s'apprêtant à regagner sa
chambre. Mais, soudainement pensif, il s'immobilisa
au milieu de l'escalier puis redescendit, traversa le
salon et surgit dans la bibliothèque, où Scaglier travaillait encore.

Le savant leva la tête, surpris.

– Le ballet est déjà fini ?

– Oui. Pour nous.

– Ce genre de spectacle est terriblement
ennuyeux, à mon avis.

– Je voulais seulement vous dire que j'ai réfléchi.

– Alors ?

– Je reste. Si vous voulez de moi.

Scaglier se leva et prit Michel dans ses bras.

– Je sais que vous êtes celui que j'attendais
depuis si longtemps. Vous êtes enfin venu.

Il lâcha Michel et annonça, retournant à sa table :

– Demain, nous commencerons à huit heures et
quart sonnantes. Bonne nuit. Je suis très heureux.

La lune éclairait la chambre. Michel était couché,
les yeux grands ouverts. Il entendit un bruit de voix
étouffé. Par la fenêtre, en bas, dans le jardin, il surprit Marie et Scaglier à quereller. Elle paraissait
furieuse ; le savant tentait de la calmer. Michel
s'interrogeait : pourquoi tant de colère ?

Soudain, elle partit en courant. Scaglier la rappela.

– Marie, reviens ! Ne sois pas stupide !

Mais elle entra dans la maison sans même se retourner. Scaglier regagna la serre en grommelant.

Michel sortit dans le couloir. Marie grimpait les marches, essoufflée, rouge de colère, les cheveux défaits.

— Que se passe-t-il donc ?

— Laissez-moi en paix, à la fin !

Elle tenta de passer devant lui, mais il la retint.

— Vous seriez-vous disputés à mon sujet ? Pour quelle raison ? Vous déplaît-il que je séjourne ici ? Êtes-vous jalouse de moi ? Je n'y comprends rien !

— Vous détruisez tout ! Tout, entendez-vous !

— Je vais partir. Demain, à l'aube.

Marie se figea.

— Vous ne comprenez vraiment rien !

— Marie, écoute-moi. Je t'en prie, écoute-moi !

— De toute façon, il ne m'aurait pas dévoilé ses secrets. Toutes ces années, il a attendu que quelqu'un vienne, à qui il puisse confier tout son savoir. Il était de plus en plus impatient, il désespérait souvent. Et j'ai cru qu'à un moment ou à un autre il serait forcé de me parler.

— Quel savoir ? demanda Michel.

Il lui prit la main.

— Marie ?

— Et puis vous voilà ! Maintenant, il est heureux. Et moi, qui ai toujours été heureuse de son bonheur, aujourd'hui, je ne le suis pas. Il vous faudra vous montrer... très fort... pour supporter ce qu'il vous révélera ces jours prochains. Prenez garde.

— Que devrais-je craindre ?

— La vérité. La vérité est terrible.

Elle se dégagea et courut dans sa chambre. Michel la suivit des yeux. Que faire ? Que lui dire ?

Elle ne l'écouterait pas. Il rentra dans sa chambre et s'endormit. Soudain, il sursauta. Une silhouette surgie des hauteurs planait non loin de lui, dans un néant obscur, la tête recouverte d'un long voile noir qui flottait derrière elle. Puis la nuit fut totale. Michel bondit de son lit et se précipita dans le couloir, en hurlant :

— Marie ! Non ! Marie, ne fais pas cela ! Je t'en prie !

Il ouvrit sa porte à la volée. Marie était debout sur une chaise, en chemise de nuit, une corde passée autour du cou, qu'elle avait attachée au chandelier. Au moment où Michel entra, elle renversa la chaise et tomba autant que le permettait la corde. Pendue... Michel redressa en hâte la chaise, y grimpa et retint le corps de Marie tout en s'efforçant de desserrer le nœud. En vain. Inspectant fébrilement la pièce, il aperçut un canif sur le bureau. Relâchant Marie avec douceur, il courut le prendre et revint prestement soutenir le corps de la jeune fille de peur que la corde ne l'étranglât. Il essaya de trancher le nœud, sans plus de succès qu'auparavant, car celui-ci s'était détendu. Tenant Marie d'une main, il tira la corde de l'autre, désespérément. Puis, lâchant la jeune fille et la corde, d'un bond, il s'agrippa au chandelier en tentant de l'arracher du plafond. Enfin, le chandelier céda, et ils roulèrent tous deux au sol. Michel put dénouer la corde et apporter aussi vite que possible à Marie un verre d'eau, qu'elle vida à petites gorgées. Il jeta ensuite le verre au loin, se pencha sur elle, la couvrit de caresses et de baisers.

— Marie ! Mais pourquoi as-tu fait cela ? Marie, mon idiote, ma belle, mon amour ! Je t'aime ! Tu m'entends ? Je t'aime, Marie !

Elle sourit faiblement, frotta son cou endolori et toussa.

Michel, agenouillé devant elle, redressa doucement son buste. En homme de l'art, il lui palpa la nuque, la colonne vertébrale, puis tout le dos, lui fit tourner la tête. Rassuré, il effleura ses cheveux, la prit dans ses bras et la serra contre lui, la caressant avec tendresse.

— Pourquoi as-tu fait cela ? murmura-t-il. Mais pourquoi ?

— Je l'ai perdu, maintenant. Et je t'ai perdu aussi. Je suis complètement seule. Je ne peux plus revenir en arrière. Ni vers les autres. J'en sais trop, maintenant.

Michel l'embrassa sur la bouche. Elle l'étreignit, l'attirant contre elle, lui rendit ses baisers avec une ardeur désespérée.

— Moi aussi, je t'aime, murmura-t-elle.

Sur le seuil, Scaglier les regardait. Il avait entendu tomber le chandelier et était accouru. Ils s'aimaient, par terre, dans un fouillis de vêtements. Lorsque Marie cria de plaisir et de bonheur, il referma doucement la porte. Le front posé sur son bras, il demeura immobile un moment, accablé de détresse et de nostalgie, puis redescendit lentement l'escalier. Il se sentait vieux, décrépit, malade.

Le lendemain matin, aussitôt après le repas, Michel et Scaglier se rendirent à la bibliothèque. Scaglier alluma une bougie qu'il confia à son compagnon, puis une autre qu'il posa sur la table. Enfin, il prit une bible et la lui tendit.

— Faites-en le serment : jamais vous ne parlerez à quiconque, sinon aux initiés, de ce que je vous enseignerai dans les prochains jours.

Michel, ébahi, posa sa main sur la bible.

– Je le jure.

– Autrement, on vous tuera. Pas l'Inquisition.
L'un de nous s'en chargera.

Scaglier reposa la bible.

– Vous vous installerez à Agen, où vous exerce-
rez la médecine pour assurer votre subsistance. Les
autorités ne se soucieront pas de vous. Vous occu-
perez la petite maison qui se trouve au bout du jardin. Elle m'appartient. Vous y accéderez par la
porte de derrière et pourrez me rejoindre à tout
moment, sans que personne sache combien de
temps vous passez ici. Car votre véritable travail
s'effectuera en ce lieu. Et vous devez vous marier.
Faire des enfants. Mener une vie tout à fait nor-
male. Aurez-vous assez de force?

– Je ferai venir mon vieil apothicaire. Il pourra
me soulager d'une grande part de mes tâches de
médecin.

– L'homme est-il fiable?

Michel fit oui de la tête.

– Bien.

Un chandelier à la main, Scaglier s'approcha
d'une porte dérobée, l'ouvrit et fit pénétrer Michel
dans un couloir étroit et sombre. Après quelques
pas, Michel, levant sa bougie, découvrit une petite
pièce de forme ronde et tout en hauteur. Des étagères remplies de livres s'élevaient jusqu'au plafond, occupant chaque paroi. Aucun ouvrage n'était
imprimé, il s'agissait de manuscrits, de vieux in-
folio, la plupart reliés de cuir. Au centre, une table
et deux fauteuils constituaient tout l'ameublement.
Michel regarda autour de lui, subjugué. Il n'osait
toucher ces ouvrages très anciens, aux feuilles jau-

nies, dont certains s'effritaient. Scaglier laissa passer un moment avant de parler.

– Nous avons un ennemi : l'Église. Vous ne devez jamais l'oublier. L'Église fait obstacle à la vérité et à la recherche de la vérité. Nicolas Copernic a raison. La Terre tourne autour du Soleil. Criez-le sur les toits et vous monterez sur le bûcher !

Il poursuivit, montrant les traités :

– Copernic, *De revolutionibus orbium coelestium*. De la révolution des corps célestes. Avicenne, Héraclite, Platon, Aristote, Plutarque. Et là, l'œuvre d'Al-Ghâzalî, *l'Élixir de béatitude*, de sa propre main. C'est l'unique exemplaire. Albert le Grand. Paracelse. Cornelius Agrippa. Voici le *De mysteriis Aegyptorum*. Ici, le traité de Jamblique sur la magie chaldéenne et assyrienne. Et le *De daemonibus* de Michel Psellos. Des écrits cabalistiques. *Les Clés de Salomon*. Le *Rituel* de Branchuse, prêtresse de Delphes.

Il s'assit et, désignant la pièce d'un geste vague :

– Chacune de ces œuvres, si on les trouvait chez vous, vous condamnerait à mort. Et si cette bibliothèque brûlait, ce serait une catastrophe. Le monde deviendrait pauvre. Elle renferme des siècles de savoir, un savoir gardé secret. Les hommes qui ont écrit tout cela sont des saints, même si l'Église voit en eux des sorciers et les voue aux flammes. La plupart d'entre eux avaient la faculté de lire dans l'avenir. Vous devez apprendre leur secret. Vous devez apprendre à déchiffrer vos rêves confus. Rien n'est dû au hasard, tout se déroule selon les plans de Dieu.

D'un tiroir, il sortit une coupelle contenant une poudre rouge et la tendit à Michel.

– Qu'est ceci ?

– La clé de ce dont votre esprit n'est pas conscient, la porte de l'avenir.

– De la muscade !

Scaglier acquiesça.

– Oui, mêlée à bien d'autres substances. Soyez prudent. Un peu trop de cette poudre, et vous êtes mort. C'est un poison très violent. Votre corps doit s'y accoutumer progressivement. Prenez-en chaque jour un peu plus, et vos visions deviendront de plus en plus claires.

Il sortit du tiroir quelques feuilles qu'il tendit à Michel. C'était des dessins à la sanguine, dont l'un montrait un énorme nuage d'aspect menaçant, semblable à un champignon.

– J'ai déjà vu cela, murmura Michel.

– Quoi ? Ce dessin ? Où donc ?

– Non, pas le dessin. Ce champignon, je l'ai vu en rêve. C'est une gigantesque explosion, plus violente et plus terrible que tout ce que nous connaissons. Là où pousse ce champignon, il n'y a plus que la mort. Qui est l'auteur de ce dessin ?

– Notre ami Léonard.

Scaglier lui montra une autre esquisse, qui représentait un étrange navire.

– Qu'est-ce que c'est ?

– Encore une œuvre de Léonard ! Un bateau qui peut voguer sous les mers. Il arrivera que les hommes inventeront des choses redoutables.

Scaglier rangea les dessins.

– Ces jours prochains, vous lirez, de façon systématique, sous ma direction. Vous travaillerez jusqu'à ce que cette bibliothèque soit entrée dans votre tête, mot pour mot, chiffre pour chiffre, syllabe pour syllabe. Vous ne lirez que dans cette pièce et vous ne pourrez en sortir aucun livre. Vous ne pourrez rien noter. Si le moindre soupçon tombe sur nous, nous sommes perdus.

Michel sortit de sa stupeur pour examiner les volumes, un à un. Ici étaient celées les véritables reliques de l'humanité.

— C'est à peine croyable !

— Nous commencerons demain. Aujourd'hui, je dois terminer un travail.

— Marie connaît-elle ce lieu ?

— Non. Et elle ne doit pas l'apprendre.

Scaglier sourit et ajouta :

— Même quand elle sera votre femme.

Michel le dévisagea, surpris. Scaglier posa une main sur son épaule.

— Soyez doux avec elle. Elle est extrêmement sensible et susceptible, exposée au péril. Je l'aime plus que ma propre fille, son malheur serait le mien.

— Je l'aime.

— Et elle ? Vous aime-t-elle ?

— Je ne sais. Je l'espère. Je le voudrais tant ! Elle est si secrète !

— Dois-je lui parler ?

— Non. Je le ferai moi-même.

— Bien. Mais n'attendez pas.

Michel opina.

Scaglier éteignit toutes les bougies, sauf celle qu'il tenait à la main. Ils quittèrent la bibliothèque.

— Je vais vous expliquer sur-le-champ le mécanisme de cette porte, pour que vous puissiez travailler même quand je ne suis pas là.

Et, lui montrant où se trouvait dissimulé le levier qui actionnait la porte, Scaglier insista :

– Personne ne doit pénétrer dans cette bibliothèque, entendez-vous ? Seuls vous et moi. À moins que l'un de nos amis ne nous rende visite.

– Qui sont ces amis ?

– Les hommes les plus valeureux que l'on puisse trouver en Europe. Une chose les unit : la curiosité. Le désir de découvrir la vérité sur la vie, sans se laisser arrêter par les dogmes. Le vieux monde a fait son temps et nous en bâtissons un autre. Comprenez-vous, Michel ? Il ne s'agit pas d'étudier tel ou tel élément. Il s'agit du Tout. Si vous perdez cela de vue, tous nos efforts seront vains.

Marie était penchée sur un dessin. Michel posa sa main sur ses épaules et l'embrassa. Il examinait la plante.

– C'est beau, dit-il, un peu distrait ; Marie, il faut que je te parle.

– Oui ?

– Nous sommes déjà mariés devant Dieu. J'aimerais que nous le soyons aussi devant les hommes.

Marie lui sauta au cou

– Tu as bien réfléchi ?

– Oui. Ne le désires-tu pas ?

– Est-ce qu'il t'a révélé ses secrets ?

Michel ne répondit pas.

– Crois-tu que j'ignore l'existence de cette pièce secrète, derrière la bibliothèque, où il s'enferme chaque nuit ?

– Je n'ai pas le droit d'en parler.

– Crois-tu que je vais épouser un homme qui a des secrets pour sa femme ?

– Je n'ai pas le droit d'en parler.

Marie éclata de rire.

– Et comment te représentes-tu notre ménage ? Tu passeras toutes tes nuits dans cette bibliothèque tandis que je briquerai la cuisine et ferai des confitures ? Et nous parlerons du temps qu'il fait ! Tu veux rire !

– Ne me tourmente pas, je t'en conjure. Il m'a interdit d'en parler. Sa femme non plus ne sait rien.

– Je ne suis pas sa femme.

– Tu ne veux donc pas m'épouser ?

Marie l'embrassa tendrement.

– Rien ne me fait plus envie. Mais si nous nous marions, Michel, nous ne formerons pas un couple habituel et ne mènerons pas la vie que les autres mènent. Tu dois le savoir. Réfléchis.

Elle l'enlaça :

– Je te désire tant !

Marie et Michel se marièrent une semaine plus tard. Scaglier et sa femme furent leurs témoins. La mère de Marie hésitait à se réjouir du choix de sa fille. Certes, l'homme était intelligent, cultivé et charmant, célèbre aussi, mais il n'avait pas d'argent. Avec quoi comptait-il nourrir sa famille ? Passé le premier engouement, lorsque les gens se seraient habitués à lui, il se retrouverait Gros-Jean comme devant. Elle avait tenté de dissuader sa fille de contracter cette union, mais c'était peine perdue. Marie avait décidé d'épouser cet homme et, comme toujours, il était inutile de discuter avec elle.

Son père se faisait moins de souci. Sa fille avait trouvé un mari. Quel autre homme aurait voulu d'une femme qui savait tout et mieux que tout le monde, et s'entêtait à vouloir travailler après ses noces ? Dans tout le pays, pas un ne l'aurait toléré.

En donnant l'accolade à Michel, il se félicita à voix haute d'avoir enfin trouvé un fils ; peut-être pourraient-ils chasser ensemble ou faire une partie de cartes ? Pour lui, l'affaire était faite.

Michel et Marie s'installèrent dans la petite maison d'Agen, au bout du jardin, où Michel recevrait ses malades. Raoul, son vieil aide, vint lui prêter main-forte. Le travail ne manquait pas, car la réputation de Michel, après ses succès prodigieux contre la peste, avait gagné la ville. Tous voulaient se faire soigner par lui, surtout les femmes de la ville, curieuses de voir le nouveau médecin. Marie passait toujours ses journées dans la serre, travaillant pour Scaglier sans toutefois oublier de mener ses propres recherches, et Michel consacrait chaque journée à sa pratique. Le soir, il se rendait dans la bibliothèque secrète, où il restait jusqu'à l'aube. Le sommeil ne lui manquait guère.

Une nuit, Scaglier le rejoignit dans la bibliothèque.

– Il est huit heures. Il vous faut rejoindre vos malades.

– J'y vais tout de suite !

– Vous ne pouvez les faire attendre.

– Oui, dit Michel distraitement.

Scaglier rit.

– Alors, courez !

Michel referma son livre.

– Quand aurez-vous un peu de temps à m'accorder ? Si je ne vous entretiens pas bientôt de mes lectures, j'y succomberai ! expliqua-t-il en désignant les volumes.

– Il m'est arrivé autrefois la même chose. C'est trop de connaissances, je le sais. Je dois passer deux semaines à Paris. À mon retour, nous parlerons.

Traversant le jardin en courant, Michel aperçut Marie qui se dirigeait vers la serre. Bien souvent, ils n'avaient d'autre occasion de se voir que ces rencontres matinales. Il l'embrassa.

– Tes premiers patients sont déjà là, annonça Marie en lui caressant les cheveux. Et tu as l'air bien fatigué !

– Ce n'est rien. Que feras-tu, aujourd'hui ?

– Je continue d'étudier mes lichens.

– Il part pour deux semaines à Paris.

– Je le sais. Rosalie t'a préparé un déjeuner. Mange quelque chose. Tâche de te reposer une heure dans la journée.

Debout, dans la cuisine, Michel avala à la hâte un morceau de pain. Rosalie, la servante, lui avait préparé des œufs brouillés. Il les mangea de bon appétit, but un verre de lait. Raoul entra dans la cuisine.

– Y a-t-il déjà beaucoup de monde ? lui demanda Michel.

– Il en vient chaque jour davantage. La plupart ne sont même pas malades ; ils... elles ne viennent que par curiosité.

– Et sans autre raison sérieuse ? Tiens, mange quelque chose.

– J'ai déjà mangé, merci. Non, rien de sérieux, autant que je puisse voir.

Raoul ajouta, goguenard :

– Mais ce n'est pas moi qui peux convaincre ces dames.

Mme Auberligne apparut.

– Où est Marie ?

– Bonjour.

– Oui, bonjour... Elle est déjà là-bas ?

Michel hocha la tête.

— Mais comment pouvez-vous tolérer cela ? Aucun homme ne laisse sa femme travailler !

— À vous entendre, je la condamne à l'esclavage.

— C'est plus grave : vous la laissez à un autre homme. Les commérages vont bon train.

— Et que dit-on ?

— Que le vieux vous cocufie ! Peut-être parce que vous ne remplissez pas vos devoirs... ou que vous ne pouvez pas les remplir...

— C'est pourquoi tant de dames viennent me consulter ? Pour en avoir le cœur net ? Je peux le leur prouver, madame ma belle-mère, si vous y tenez ! rétorqua Michel en éclatant de rire. Et maintenant, je dois retrouver mes patientes. Ces dames sont déjà nombreuses à attendre.

— Vous êtes impossible !

— Vous trouverez Marie dans la serre.

— Mais... je voulais seulement vous parler.

— C'est fait. Quoi d'autre ?

— Vraiment, je me demande pourquoi je me soucie de vous deux ! Débrouillez-vous ! Et ne venez pas vous plaindre lorsque vous aurez des ennuis !

— Quels ennuis, parbleu ?

— Adieu.

— Je me demande ce qu'elle voulait en réalité, dit Michel à Raoul lorsqu'elle fut partie.

Celui-ci se contenta de hausser les épaules.

— Des ennuis ? Que voulait-elle dire ? reprit Michel.

— Que voulez-vous qu'elle ait à dire ? Elle veut se donner de l'importance, voilà tout.

— Espérons-le.

Une foule de femmes attendait le médecin.

– Bonjour, mesdames. Qui est la première ? lança Michel en pénétrant dans la pièce réservée aux consultations. Une femme lui emboîta précipitamment le pas.

Michel examina sa patiente à la clarté de la fenêtre.

– Vous devriez faire attention à vos amygdales ; elles sont un peu enflammées. À part cela, il me semble que vous n'avez rien.

– Mais je sens des douleurs !

– Où ?

– Ici, à l'intérieur, dit la femme en montrant sa poitrine.

– Le cœur ? Déshabillez-vous, s'il vous plaît.

– Comment ?

– Il faut bien que je vous examine.

– Faites-vous ainsi avec toutes les femmes ?

– Oui, quand elles souffrent.

La femme gloussa en délaçant son corsage.

– S'il vous plaît, déshabillez-vous derrière le paravent. Et ne dévêtez que votre buste.

Elle obéit, légèrement désappointée.

– Les femmes ont-elles souvent des douleurs à cet endroit ?

– De plus en plus souvent.

– Et de quoi souffrent-elles ? Est-ce grave ?

– Rarement.

Michel s'assit sur le rebord de la fenêtre et regarda au-dehors. Comme tout cela l'ennuyait ! Que d'afféterie, de lascivité, de coquetteries ! Cette femme ne souffrait de rien ! Elle lui faisait perdre son temps, comme la plupart de celles qui attendaient leur tour. Cette pratique l'épuisait davantage que son travail à l'hôpital. Il se frotta les yeux et bâilla discrètement.

– Jusqu'ici, en tout cas, je crois avoir pu les secourir toutes.

– Et comment ?

– Je leur ai demandé de revenir me consulter avec leur mari.

Par-dessus le paravent, la femme lui jeta un regard incrédule.

– Que dites-vous ?

– J'ai expliqué à leur mari que la poitrine féminine est un organe extrêmement fragile, qu'il faut masser régulièrement et avec tendresse. Autrement, le sang y coule trop paresseusement, provoquant des crampes au cœur ; des caillots se forment, qui entraînent eux-mêmes de violentes douleurs.

– Ah... Et ce traitement réussit ?

– Presque toujours, oui.

La femme contourna le paravent, le buste nu.

– Mais la plupart des hommes sont trop rudes et trop maladroits pour cela.

Michel lui donna une serviette afin qu'elle l'étendît devant elle.

– J'expliquerai volontiers à votre mari comment s'y prendre, si vous le souhaitez.

À contrecœur, elle prit la serviette et, la tenant négligemment devant son buste, susurra :

– Vous-même, docteur, vous ne faites point de ces massages ? Afin que l'on sache exactement comment procéder ?

– Seulement à ma propre femme. Et cela régulièrement, chaque nuit. Tournez-vous, s'il vous plaît.

La femme obéit. Michel donna de petits coups sur son dos, suivit du doigt la colonne vertébrale et observa ses vaisseaux lymphatiques. Il procédait très méticuleusement à ces examens : personne ne pourrait lui reprocher de ne pas prendre au sérieux son travail. Mais toute cette comédie l'excédait.

— Remerciez Dieu, vous vous portez comme un charme. Vous pouvez remettre vos vêtements.

La patiente se retourna sans plus cacher ses seins nus et, le regardant avec espoir :

— Et ce massage, docteur ?

Michel alla prendre un petit sachet sur une étagère.

— Voici une poudre, pour vos amygdales. C'est là tout ce dont vous avez besoin.

— Et ma douleur à la gorge ? Je la sens encore.

— Vous avez le sang trop bouillonnant, et sentez des tiraillements dans votre poitrine. Mais dans ce cas, c'est tout le contraire qui est indiqué ! Pas de tendre massage ! C'est formellement interdit.

— Et que faut-il faire à la place ?

— Vous devez vous frotter, vous-même, avec de l'eau froide, matin et soir. Dans votre cas, évitez surtout que l'on vous touche la poitrine.

— Mais si ces douleurs reviennent, comment saurai-je s'il ne faut pas recourir au massage ? Si cette fois le sang ne coule pas trop paresseusement ?

— Alors il faudra revenir, et nous verrons ce qu'il convient de faire.

La matinée achevée, Michel traversa le jardin d'un pas vif et ouvrit grand la porte de la serre.

— Je ne peux plus supporter ces commères ! Pas une seule n'est malade !

Marie éclata de rire.

— Ma mère est venue m'avertir : je ferais mieux de surveiller ce qui se passe pendant ces visites.

— Et cette sale bête m'a raconté que je ne devrais pas te laisser travailler, car on chuchote partout que tu es la maîtresse de Scaglier.

107

– Les gens se font bien du souci pour nous...
Michel, je crois avoir découvert quelque chose
d'incroyable. Le feldspath, que l'on trouve partout
ici, dans les montagnes, contient une forte propor-
tion de potasse, ce qui le dispose à s'effriter. Directement exposé au vent, à la pluie ou au soleil, il
tombe en poussière et l'on voit apparaître ces substances rouges ou jaunes, parfois d'autre couleur
encore, que nous appelons lichens.

Elle poursuivit, ouvrant un coffret contenant des
pierres couvertes de mousse.

– Les lichens les moins achevés se distinguent à
peine de la pierre. Il n'y a encore aucun élément,
aucune fibre, rien dans leur structure interne qui les
apparente aux corps organiques.

Se saisissant d'un autre coffret, elle en sortit un
deuxième échantillon.

– Mais si tu l'exposes à la chaleur et si tu
l'arroses, ce que j'ai fait pendant plusieurs mois
pour imiter ce qui se passe dans la nature lorsqu'un
soleil ardent succède à la pluie, ce qui s'ensuit est
remarquable.

Pointant l'index sur le caillou, elle tendit une
loupe à Michel.

– Regarde : ici, il se transforme en mousse à
petites feuilles, puis en hépatique. Et abracadabra !
nous voilà devant un parfait échantillon du règne
végétal. Sais-tu ce que cela signifie ?

– Qu'il y a un passage sans rupture entre la
nature inorganique et l'organique.

– Entre les minéraux et les végétaux, de même
qu'entre les végétaux et les animaux. Comme
Scaglier l'a décelé entre les coraux et les vers,
expliqua Marie, tout animée. Et cela vaut pour

toutes les espèces supérieures. Les animaux et les plantes simples se développent à partir d'un changement infime dans l'économie de la matière inorganique. Au commencement, Michel, n'est pas le Verbe. Au commencement est la pierre, expliqua Marie avec animation.

Brandissant un caillou, elle ajouta :

– C'est de là que nous venons. Toi, moi, et tous les animaux. Que dis-tu de cela ?

– Admirable !

Il la prit dans ses bras.

– Couche tout cela par écrit.

– Si je le fais publier, tu sais ce qui arrivera.

– Écris seulement. Nous l'enverrons à nos amis.

– Quels amis ?

– Je n'ai pas le droit de te le dire.

Marie s'emporta.

– Tu n'as pas le droit de me le dire, hein ? Et moi, je devrais divulguer à ces amis, que je ne connais pas, ce que j'ai découvert ! Pour qu'ils puissent en prendre connaissance et en discuter sans moi, puisque je n'appartiens pas à votre illustre compagnie ! Parce que je suis une femme ! Tu plaisantes ! Êtes-vous donc tous fous ?

– Marie, calme-toi !

– Je n'ai aucunement l'intention de me calmer. Je suis terriblement en colère. Avant tout à cause de toi.

Elle le singea :

– «Je n'ai pas le droit de te le dire» ! Mais moi, j'ai le droit de te parler de mes découvertes ! Pour que vous autres gars puissiez vous en vanter, vous rengorger pendant vos rencontres secrètes. C'est à vomir ! Vous ne vivez pas plus périlleusement que moi, vous êtes simplement plus vaniteux. Comment oses-tu me débiter ces âneries? Je te hais. Je te hais! Je n'ai rien de plus pressé que de te raconter tout. Et toi, de quoi me parles-tu? Eh bien? Me révèles-tu quoi que ce soit de tes mystérieuses occupations nocturnes? Je me suis montrée discrète, jusqu'ici. Mais c'est fini. Je veux savoir! Maintenant! Je n'ai plus l'intention de me laisser traiter comme une petite dinde. Pour cela, trouves-en une autre, une de ces commères qui viennent s'extasier dans ton cabinet. Prends-en une et disparais! Laisse-moi en paix!

— Marie, je t'en prie...

— Comment cela, «Marie, je t'en prie»? Je devrais me taire, hein? C'est bien cela? Juste bonne pour forniquer...

— Marie, arrête!

— ... mais pour parler, ah! non, tu te réserves pour l'illustre sieur Scaglier. Ces messieurs restent entre eux. Fornique donc avec lui!

Sur ces mots, elle se rua hors de la serre. Michel lui courut après.

— Marie! Marie, attends!

Elle traversa le pré jusqu'à la Garonne et se laissa tomber sur un banc à l'ombre d'un saule. Elle sanglotait. Michel s'assit près d'elle et, lui prenant la main:

— Je ne veux pas te mettre en danger, voilà tout.

— Mais toi, tu peux courir ce danger, n'est-ce pas? Tu ne penses qu'à toi!

— Marie...

— Je t'ai épousé et tu m'as épousée. Non?

— Oui. Mais que veux-tu dire?

— Voilà. Deux personnes se sont librement choisies.

– Euh... oui.

– Oui ou non?

– Oui.

– Fort bien. Elles ont donc les mêmes droits l'une vis-à-vis de l'autre.

– Marie, qu'as-tu en tête?

– Je veux dire que toi et moi avons les mêmes devoirs. Ou bien je révélerai moi-même les résultats de mes recherches à vos amis, ou bien ils n'en entendront jamais parler. Car si l'un de nous s'expose à un danger...

– ... l'autre doit s'y exposer aussi?

– L'autre doit s'y exposer aussi. Exactement.

Elle l'étreignit, pleurant et riant à la fois.

– Michel, je ne pourrais vivre un jour de plus s'il t'arrivait malheur.

– Je parlerai à Scaglier.

Elle le repoussa, exaspérée.

– Scaglier, Scaglier, Scaglier! Toujours Scaglier! Tu n'as donc aucune volonté? Est-ce toi que j'ai épousé, ou lui? Crois-moi, j'aurais pu l'épouser, si j'avais voulu. Tu ne me crois pas? Aujourd'hui encore, je pourrais le faire. Tu verras bien!

– Marie, je dois retrouver mes malades. Le vestibule en est plein. Nous reparlerons ce soir plus sereinement.

Il fit mine de partir, mais Marie le retint fermement par la main.

– Michel? Je veux que tu me montres la bibliothèque secrète.

Il la regarda, désemparé.

– Je n'en ai pas le droit. J'en ai fait le serment. Sur la Bible.

– Alors je le lui demanderai moi-même, répliqua Marie en lui caressant la tête.

– Il ne te la montrera jamais.

– En jurerais-tu ?

Et elle remonta vivement vers la maison.

Le soir, alors que toute la maisonnée était endormie, Michel consentit enfin à faire entrer Marie dans la bibliothèque. Elle regardait autour d'elle avec vénération, puis elle inspecta les étagères, sortant parfois un volume pour le feuilleter.

– Michel, murmura-t-elle, c'est merveilleux ! Tous les secrets du monde sont révélés dans ces livres.

Il acquiesça. Tout à coup, elle lui lança un regard effrayé.

– Michel, qui es-tu donc pour qu'il t'initie à ces mystères ? Pourquoi toi ?

– Je l'ignore. Il a déchiffré mon horoscope.

– Vois, j'ai la chair de poule, dit-elle en lui montrant son bras. J'ai peur, Michel. Nous nous risquons trop loin. Moi avec mes lichens. Et toi avec ces ouvrages. Arrête-toi avant qu'il ne soit trop tard.

Elle le prit dans ses bras.

– Je ne veux pas te perdre, entends-tu ? Laisse le monde aller comme bon lui semble. Je t'aime, Michel. Demeure un simple médecin et oublie tout cela. Vivons modestement. Partons dans une autre ville, avant qu'il ne soit trop tard.

Michel la dévisagea avec gravité, passa ses bras autour de son cou.

– Il est déjà trop tard, Marie. J'en sais trop. Je connais la terrible vérité qui est la vérité du monde.

– Je l'ai senti lorsque tu m'enlaçais, ces derniers temps. Tu n'étais jamais vraiment auprès de moi ; tu étais ailleurs. Fais-moi sortir, je voudrais quitter cette pièce. Rentrons.

Ils s'aimèrent, cette nuit-là, et ne se séparèrent qu'à l'aube, trempés de sueur, épuisés. Michel était étendu sur le dos, Marie avait posé sa tête sur sa poitrine ; il la tenait dans ses bras.

Regardant par la fenêtre, elle aperçut les premières lueurs du soleil.

– Lève-toi, dit-elle.

Cependant, elle se lova plus étroitement contre lui en riant.

– Ces dames t'attendent !

– J'y cours. N'ai-je pas été trop ardent ?

Marie l'embrassa.

– Pourquoi me demandes-tu cela ?

– Je pensais à l'enfant.

– Quoi de mieux pour un enfant que de faire connaissance avec l'amour ? Il doit crier de plaisir, comme moi, quand le sang court dans mes veines.

Elle le caressa, lascive, et répéta :

– Lève-toi, maintenant !

– Alors cesse ! dit Michel en riant.

– Je n'en ai pas la moindre envie !

Il l'embrassa avant de se dégager et de quitter le lit. Marie glissa un oreiller derrière son dos et se redressa. Elle caressa doucement son ventre bombé.

– Il remue déjà, constata-t-elle.

Prenant la main de Michel, elle la posa sur sa peau.

– Le sens-tu ?

– Tu as raison, il bouge.

Et, l'oreille collée contre le ventre de sa femme, la caressant, il ajouta :

– Cet enfant sera pourri d'amour.

– Il n'en aura jamais assez, dit Marie.

113

Ce dimanche-là, Marie et Michel étaient conviés à un repas chez les Scaglier. C'était une belle journée de fin d'été. Un doux soleil éclairait les feuillages éclatants, mais l'on sentait l'hiver approcher. Marie était à présent toute ronde, l'enfant naîtrait d'un jour à l'autre. Elle respirait la santé et le bonheur. Debout derrière elle, Michel lui massait le dos.

Après le dessert, Scaglier leur proposa d'aller voir la nouvelle statue de la Vierge, qu'on devait ériger la jour même sur la place de l'église. Marie trouva l'idée excellente : il y avait bien longtemps qu'elle ne s'était rendue à la ville. Michel la regarda, la mine soucieuse. Était-ce bien prudent ?

— Nous pouvons prendre la carriole, si vous ne voulez pas marcher, dit Scaglier.

— Je ne suis pas malade, messieurs. J'attends simplement un enfant, protesta Marie en riant.

— «Simplement» ! Tu me la bailles belle ! dit Michel.

— Simplement, c'est vrai, répliqua-t-elle. Partons sans attendre, sinon, j'accoucherai sur la place du marché.

Ils déambulaient nonchalamment dans les rues. Michel et Scaglier ouvraient la marche, suivis par Mme Scaglier et Marie, qui avançaient.

— Le maire m'a parlé hier, dit Scaglier, et je vous ai proposé pour l'élection du prochain parlement de la ville. Il en est d'accord.

— Pensez-vous que ce soit judicieux ?

— Fort judicieux, à vrai dire. Vous perdrez un temps fou avec ces imbéciles, mais vous serez mieux protégé. Ils n'oseront pas si facilement s'en prendre à un membre du parlement.

— Qui s'en prendrait à moi ?

– Quelque chose se trame. La bêtise s'accouple à la bigoterie, et de leur union naîtra la violence. Acceptez cette élection.

– Si vous le pensez...

Ils arrivèrent à l'église et gagnèrent la cour, où l'on dressait la statue. Quelques badauds regardaient. Michel et Scaglier échangèrent un coup d'œil effaré.

– Mais elle est affreuse ! s'exclama Michel. Quelle monstruosité !

Il s'approcha de la statue tandis que Scaglier allait attendre les deux femmes près du portail.

– Par la grâce de Dieu, qu'est-ce que cette horreur perchée sur la tête de la Madone ? demanda Michel à la cantonade.

– Un chérubin, répondit un homme qui veillait avec inquiétude à ce que l'on n'abîmât pas la statue.

– Ce me semble plutôt être un démon propre à effrayer les enfants !

– Trouvez-vous ?

– Certes oui ! Pas vous ? Elle est vraiment hideuse. J'en suis abasourdi.

– Je ne puis partager votre opinion.

– Quand je pense à l'argent que nous avons dépensé pour cela... Bigre ! C'est scandaleux ! Qu'allons-nous en faire, maintenant ? On ne peut tout de même pas la mettre dans l'église.

Scaglier arrivait avec les deux femmes. S'apercevant que Michel était engagé dans une discussion, il se hâta de le rejoindre.

– Voici monsieur Grenelle, dit-il, désignant l'homme avec qui Michel se disputait. C'est lui qui a conçu cette magnifique statue. Monsieur Grenelle, voici monsieur de Nostredame, le meilleur médecin de la ville.

– Il est à espérer qu'il est plus versé en médecine qu'en art, grinça Grenelle, rageur, car monsieur n'est vraiment pas un connaisseur !

Il les planta là et rejoignit un groupe d'admirateurs qui louaient bruyamment son œuvre. Mais, indifférent à leurs compliments, il gardait les yeux fixés sur Michel. Celui-ci, ayant pris le bras de Marie, s'éloigna avec les Scaglier.

– Avant d'insulter, lui dit vertement Scaglier, vous devriez vous demander qui vous insultez !

– Qui donc est insulté, sinon moi ? Cette misérable production offense mon regard !

– M. Grenelle, que j'ai eu l'honneur de vous présenter, conseille le grand tribunal de la Sainte Inquisition pour toutes les questions touchant à l'art. L'ignoriez-vous ?

– Ah ! quelle mouscaille !

– C'est le mot, admit Scaglier en riant.

– Et maintenant ?

– Il faudra se montrer très astucieux. L'homme essaiera de se venger. Je le connais.

– Mais pourquoi ne m'avez-vous pas averti ?

– Je pensais que vous le connaissiez. Il faut connaître ses ennemis, Michel. Toujours et partout.

Ils arrivaient sur la place du marché quand Marie ressentit les premières douleurs. Scaglier héla une voiture qui les ramena rapidement chez eux.

Marie, vêtue d'une mince chemise de nuit, avait pris place sur une chaise, les pieds dans une bassine d'eau chaude. Ses mains se crispèrent sur les accoudoirs, elle grimaça de souffrance.

– Reste très paisible, respire toujours très profondément, conseilla Michel en la caressant. Oui, ainsi, c'est bien ! Inspire profondément et expire lentement, comme je te l'ai montré

Marie sourit malgré la douleur.

– Michel, n'est-ce pas moi qui enfante ? Ne t'inquiète donc pas.

Elle tendit les bras, prit sa tête dans ses mains et l'embrassa.

– N'aie pas peur, nous y arriverons !

Michel rit.

– Marie, tu es une femme merveilleuse !

La chambre était remplie de commères, venues, comme c'était l'usage, assister à la naissance. Rosalie apporta des rafraîchissements qu'elle distribua à la ronde. Une femme ferma la fenêtre et tendit une couverture devant, afin d'empêcher tout courant d'air. Une autre s'apprêtait à allumer le feu dans la cheminée. Debout derrière Marie, Mme Scaglier lui caressait les cheveux. La sage-femme entra, chargée d'une bassine d'eau bouillante qu'elle posa au pied de la chaise. Le berceau était déjà prêt. On avait recouvert la table de draps blancs et aligné soigneusement tous les instruments, étincelants de propreté, dont on pourrait avoir besoin en cas de complications : scalpels, couteaux, pincettes, aiguilles et fil, à côté d'une profusion de linges immaculés.

Mme Scaglier massait le dos de Marie afin qu'elle ne souffrît pas de courbatures.

– Vous serez bientôt au bout de vos peines, dit-elle. C'est toujours plus long la première fois, parce que tout est si étroit. Mais au deuxième accouchement, croyez-moi, l'enfant sortira aussitôt ! Seul le premier-né sait se faire sentir !

117

Marie esquissa un sourire, mais son visage se tordit de douleur : une nouvelle vague de crampes l'assaillait. Michel se rendit compte alors de ce qui se passait autour de lui et intervint.

— Mesdames, je vous remercie d'être venues. Je préférerais maintenant que nous fussions seuls pour la naissance. Dès que l'enfant sera paru, nous vous appellerons. Et, s'il vous plaît, pas de feu dans la cheminée !

Il ôta la couverture et ouvrit grand la fenêtre.

— Ce dont nous avons besoin, c'est d'air et de lumière, reprit-il. Que l'enfant se réjouisse de ce magnifique soleil !

Toutes les commères sortirent en grognant de désapprobation. Mme Scaglier fit mine de les suivre, mais Marie la retint par le bras. La douleur sembla s'apaiser ; Marie fit signe à Michel d'approcher et lui murmura à l'oreille quelques phrases en arabe.

Michel écarquilla les yeux.

— Tu sais l'arabe ! Comment est-ce possible ?

— Je l'ai appris, répondit Marie avec un sourire. Pendant toutes ces longues nuits où tu me laissais seule.

— Pourquoi ?

— J'ai une requête.

— Aïe ! De quoi s'agit-il ?

Marie baissa encore la voix, afin que Mme Scaglier ne pût rien entendre.

— Lorsque je suis allée dans la bibliothèque, tu te souviens ? J'ai vu qu'il s'y trouvait...

— Non, par pitié !

— Le manuscrit du *Ghayat al-hakim* d'Abul Qasim Maslama ben Ahmed el-Mad'rti. Je le veux.

Michel secoua énergiquement la tête.

– Non !

Une nouvelle crampe survint. Marie inspira profondément puis souffla doucement. Et, avant même que la douleur se fût apaisée, elle insista, chuchotant toujours :

– Ibn Khaldûn écrit que c'est l'ouvrage fondamental de la magie arabe, le plus complet. Je dois le lire !

– C'est impossible. Tu ne peux pas entrer dans la bibliothèque.

– Eh bien ! rapporte-le.

– Je n'en ai pas le droit.

– Ce que j'ai découvert sur les lichens t'a passionné. Scaglier aussi, il me l'a dit lui-même. Et je n'aurais pas le droit de poursuivre mes recherches ? Il faudrait laisser cela aux hommes ?

– Ne recommence pas !

– Abul Qasim affirme dans ce livre que le divin pénètre toute la matière, mais avec plus ou moins d'intensité. L'émanation divine se répand dans le monde à travers des essences intermédiaires. Selon le degré de perfection des choses, ces êtres ressemblent plus ou moins à des dieux ou à des démons. Plus ils sont étroitement liés à la matière, plus ils sont présents sous la forme d'une puissance divine qui sommeille au sein de chaque animal, plante ou minéral, et ils attendent de s'éveiller.

Une crampe l'obligea à s'interrompre, elle ferma les yeux et attendit. Elle était tout exaltée, moins par la venue de l'enfant qu'à la pensée de ce livre. Il le lui fallait ! Pourquoi Michel ne le comprenait-il pas ?

– Saisis-tu le sens de mes paroles ? Ce livre confirme sans doute ce que j'ai découvert sur les

119

lichens. Les multiples chaînes ou cercles, comme le dit Proclus, cette sympathie qui lie entre elles les choses analogues, qui nous semblent tout d'abord dissemblables, ces cercles s'harmonisent dans leurs effets. Je sais que c'est ainsi que j'avancerai. Cela pourrait aussi être de grande importance pour la médecine. Puisque dans la substance du plus composé on retrouve toujours le simple, il doit être possible de déterminer exactement quel remède secourt et guérit, comment il fortifie la substance. Je veux cet ouvrage, à tout prix !

— Tu es terrible !

Marie éclata de rire.

— Tu le savais déjà quand tu m'as épousée !

Subitement, elle poussa un cri, saisie par une douleur fulgurante.

La sage-femme la rassura :

— Les accès vont se multiplier C'est presque fini, madame.

S'agenouillant, Michel remonta la chemise de sa femme et ouvrit doucement ses cuisses. Il releva la tête, souriant.

— Il faut pousser, Marie ! De toutes tes forces ! Bien, très bien, oui, encore, Marie, c'est presque fini ! Un tout petit peu encore... Oui !

Un cri perçant retentit. Déjà, Michel brandissait l'enfant : un garçon. Le nouveau-né était couvert de sang, mais la couleur de ce sang n'était pas celle de la mort, ni des plaies. C'était la couleur de la vie, éclatante et généreuse. Mme Scaglier épongea le front ruisselant de Marie.

— Un garçon. Marie, nous avons un garçon ! cria Michel.

— Jules, murmura-t-elle.

Levant faiblement le bras, elle caressa l'enfant, que Michel tenait toujours. Il coupa le cordon ombilical et le noua, puis posa doucement le bébé sur le sein de sa femme. Elle le pressait tendrement contre elle tandis que la sage-femme ôtait le placenta.

– Ne voulez-vous pas d'abord le laver ? demanda Mme Scaglier à Michel.

– Il faut d'abord que ce jeune homme sente à nouveau battre le cœur de sa mère. La naissance a dû terriblement le bouleverser, il a besoin de repos.

Il fit signe à Rosalie, qui lui apporta une couverture blanche et duveteuse, dont il couvrit le petit. Il s'assit dans un fauteuil à côté de sa femme, épuisée, et lui prit la main. Sur sa poitrine, l'enfant avait trouvé le mamelon et tétait déjà.

Devant la table, au centre de la bibliothèque, Scaglier avait posé une coupe d'eau sur un trépied. Une unique bougie, dont la flamme se reflétait dans l'eau, éclairait la pièce. Scaglier versa quelques gouttes d'une substance liquide dans l'eau, qui se colora légèrement. À l'aide d'une minuscule cuiller, il préleva une petite pincée de poudre rouge et la tendit à Michel.

– Laissez-la fondre lentement sur votre langue.

Michel se renversa sur son siège et ferma les yeux. Scaglier prit place à côté de lui.

– Je vais rester auprès de vous. Je veux surveiller vos réactions. Ne craignez rien, je suis là.

Michel rouvrit les yeux, se pencha sur la coupe, vit se former un entrelacs de stries scintillantes. Peu à peu, ses yeux se révulsèrent, et il tomba dans une transe profonde. Ses mains reposaient paisiblement sur les accoudoirs. Il respirait profondément et régulièrement. Le silence était total. Durant un long moment, il ne se passa rien. Subitement, Michel poussa un hurlement strident. Ses yeux s'écarquillèrent, de la salive coulait de sa bouche. Le visage déformé par la peur et par une douleur extrême, il bondit de son siège, tituba, perdit l'équilibre, renversant le trépied. L'eau se répandit sur le sol. Il rampa jusqu'à un recoin de la bibliothèque et se cramponna à une étagère en hurlant. Mille démons semblaient le martyriser, des visions atroces, innommables, s'étaient emparées de lui. Scaglier s'approcha, l'entoura de ses bras, lui massa les tempes, murmurant des propos apaisants. Ils restèrent ainsi pendant une demi-heure. Alors seulement Michel commença à se calmer. Scaglier l'aida à se lever et, avec douceur, le fit sortir de la bibliothèque.

Ils marchaient à pas lents dans le jardin. Scaglier le tenait fermement. Michel avait passé son bras autour des épaules du vieil homme. Il était encore faible, ses jambes se dérobaient sous lui. Exténué, il ne voulait qu'une chose : s'étendre, dormir. Jamais il n'avait autant désiré le sommeil, mais Scaglier, inflexible, le força à marcher jusqu'à ce que l'effet de la drogue se fût estompé. Peu à peu, le regard de Michel s'éclaircit.

– La poudre était trop forte pour vous. Pourtant, je l'avais très faiblement dosée. J'ai surestimé vos dispositions.

– Je devrais plutôt me demander pourquoi mon imagination produit des visions aussi effroyables.

– Ce que vous avez vu là, mon pauvre ami, ce ne sont pas des fantasmes, mais la vérité se manifestant dans toute son horreur. Nous devons être très prudents. Je n'ai jamais vu personne réagir aussi violemment que vous.

– Si c'est là la vérité, tous nos efforts et notre peine sont vains. Cela abattra chacun de nous

– Oui, c'est un long chemin.

– Jules, il me semble parfois que je deviens fou.

– Votre savoir est plus vaste que celui de la plupart des hommes. Vous avez vu bien plus de choses qu'ils n'en verront jamais.

– Tant d'effroi, de cruauté, de misère, de violence ! Tant de souffrance ! Je me dis parfois qu'il aurait mieux valu ignorer tout cela.

– Je vous avais averti.

– Mais comment vous accommodez-vous de ce terrible savoir ?

– En ne cessant jamais de chercher. Je suis certain que le jour où nous percerons le secret de la Création sera le plus beau des jours. Dieu se manifestera dans sa grâce et sa bonté infinies, dans toute sa gloire et sa magnificence. Michel, nous connaîtrons des temps heureux, admirables, lorsque nous comprendrons enfin ses intentions, son plan ! Les Anciens en savaient davantage que nous. Lire les textes occultes me donne la force de supporter la bêtise et la méchanceté qui nous entourent.

– Je voudrais y retourner, dit Michel d'une voix faible.

– Dans la bibliothèque ?

– Oui.

– Maintenant ? Peut-être feriez-vous mieux de vous reposer.

– Quand on tombe de cheval, il faut se remettre en selle et continuer son chemin, pour vaincre immédiatement la peur.

Ils regagnèrent la maison et Michel travailla jusque tard dans la nuit.

De retour chez lui, il trouva Marie dans la cuisine, pieds nus, vêtue d'une simple chemise de nuit. Elle remuait de la confiture dans une grosse marmite.

— Tu es encore debout ? Mais que fais-tu ? Des confitures ?

— Non.

Michel rit.

— Qu'est-ce d'autre ?

— De la confiture, certes ! Mais j'ai fait quelques essais : je crois avoir trouvé le moyen de conserver ta gelée.

Elle plongea une cuiller dans la marmite et la lui tendit.

— Goûte et dis-moi si elle est moins bonne que la tienne.

Michel obéit.

— C'est un délice !

— Elle est encore meilleure que ta confiture de coings. Je te ferai cadeau de la recette... Mais tu sembles fatigué. Tu devrais te ménager un peu.

— Je ne peux me libérer de ces visions affreuses. Elles me poursuivent jour et nuit. Tout brûle, puis c'est un déluge, un tremblement de terre, et le monde est anéanti.

— Tu lui en as parlé ?

Michel hocha la tête.

— Et que dit-il ?

— Il est inquiet. Je veux que cela cesse.

— Je t'avais averti. Mais c'est trop tard. Ces images ne te quitteront plus.

Elle toussa.

– Ta toux s'aggrave.

– Ce n'est rien. Les enfants aussi sont malades. Leur toux est rauque, semblable à un aboiement.

– Je vais leur donner quelque chose.

Michel ouvrit l'armoire et choisit quelques pilules dans une coupe.

– Prends-en une. Pour les enfants, fais-les fondre dans de l'eau tiède.

– Tes pilules miraculeuses ?

– Oui, mes pilules miraculeuses. Ouvre la bouche.

Il lui glissa une pilule sous la langue.

– Ne l'avale pas.

– Mais je n'ai pas la peste !

– Ce qui anéantit la peste devrait venir à bout d'une petite toux comme celle-ci.

Puis il sortit un manuscrit de sous sa cape.

Le *Ghayat al-hakim* ! Marie n'osait y croire. Elle serra le livre sur sa poitrine et embrassa Michel, folle de joie.

– Enfin ! Tu lui as demandé ?

– Non. Et je suis un fou de te l'avoir apporté. S'il vient à l'apprendre, il m'interdira l'accès de la bibliothèque.

Marie ne put réprimer une nouvelle quinte.

– Cette toux ne me dit rien qui vaille. Ne peux-tu guérir une simple toux ?

– Pas quand la malade erre la nuit dans la cuisine, pieds nus et en chemise de nuit, pour faire des confitures !

– Alors, dépêchons-nous d'aller au lit.

Avant de regagner leur chambre, ils allèrent voir les enfants. Leur fils avait déjà trois ans, la fillette tout juste six mois. Tous deux dormaient. Michel posa une main sur leur front.

– Ils ont un peu de fièvre.

– Je leur ai mis des compresses.

– Il vaudrait mieux les changer.

Marie s'en occupa, tandis que Michel frottait la poitrine des enfants avec de la camomille. Le petit garçon s'éveilla. Il toussa et, apercevant son père, sourit, puis se rendormit instantanément. Michel lui caressa le visage et embrassa les deux enfants.

Il s'endormit immédiatement. Marie lui grattait tendrement la tête, plongée dans son manuscrit. Elle respirait avec difficulté, parfois secouée d'une violente quinte de toux.

Quelqu'un cogna à la porte. Elle réveilla Michel. Il sursauta.

– Que se passe-t-il ?

– On a frappé.

– À cette heure ? En pleine nuit ?

Il passa sa robe de chambre et ouvrit la porte donnant sur le jardin. Dehors, sous la pluie, Scaglier attendait.

– Vous devez partir pour Arles sur-le-champ. La peste a réapparu, c'est du moins ce qu'est venu annoncer un messager. Allez voir si c'est vrai. Si vous partez immédiatement, le pire sera peut-être évité.

– J'emmène Raoul.

– Voyez ce qu'il en est, laissez vos instructions à Raoul et revenez sans tarder. Raoul saura quoi faire. Ce qui vous attend ici est plus important.

Michel et Raoul arrivèrent le lendemain à Arles, à la fin de l'après-midi. Ils se rendirent immédiatement à l'hôpital, une bâtisse dépourvue de fenêtres, sale et humide, éclairée par une unique lampe à huile tout encrassée de suie. Raoul éleva sa torche.

126

La salle était comble de malades étendus sur des paillasses ou à même le sol. Beaucoup d'entre eux étaient déjà morts. Il n'y avait ni médecin, ni sœur, ni prêtre : ils étaient abandonnés à eux-mêmes. Ce tableau fit naître chez Michel une colère sans bornes.

— Ces imbéciles n'apprendront jamais rien ! Pourtant, chaque médecin dans ce pays sait comment nous avons combattu la peste. Mais ils s'en moquent !

Il parcourut la salle. Au fond, dans un coin à peine éclairé, il aperçut trois corps gisant à terre, une femme et deux petits enfants. Michel blêmit, saisit Raoul par la manche. Sans mot dire, tremblant de tous ses membres, il arracha la torche des mains de son aide et la brandit : ils étaient morts tous les trois, Marie, son fils, sa fille. Il hurla. Puis il s'approcha, éclaira leurs visages. Ce n'était pas Marie, ce n'étaient pas ses enfants. Il poussa un soupir de soulagement. Les trois corps ne leur ressemblaient en rien : pourquoi s'était-il mépris ? Il se frotta les yeux, revint sur ses pas, inquiet. Soudain la terreur s'empara de lui.

— Raoul, tu sais ce que tu as à faire. C'est la peste, ils doivent sortir d'ici. Consume leurs vêtements, lave-les et donne-leur des pilules. Brûle les morts, fais détruire cette porcherie. Je dois retourner à Agen sur-le-champ.

— Pourquoi ?

— Marie. Les enfants. Il faut que je rentre.

— Leur est-il arrivé malheur ?

— J'espère me tromper. Cette fois au moins.

Michel voyagea toute la nuit, ne s'arrêtant que pour reposer son cheval. À l'aube, alors que celui-ci ne pouvait plus avancer, il tira de son lit un aubergiste pour changer de bête.

Il pleuvait lorsque, au soir, il arriva enfin à Agen, cravachant sa monture. Les rues étaient désertes. Son cheval, tremblant et ruisselant de sueur, avait l'écume à la bouche. Michel se dirigeait vers sa demeure, lorsque Jean, le valet de Scaglier, l'arrêta.

– N'allez pas chez vous. L'Inquisition est là.

Michel mit pied à terre.

– Où sont ma femme et mes enfants ?

– On les a emmenés à l'hôpital.

– Comment ? Pourquoi ?

– Je l'ignore. M. Scaglier est là-bas.

Michel sauta sur sa monture. Jean lui arracha les rênes de la main.

– Vous ne pouvez pas y aller ! L'Inquisition a posté des gardes partout.

– Mais pourquoi ?

– Je ne sais pas, répéta Jean.

Michel partit au galop.

– Soyez prudent, monsieur ! lui cria le valet. Ils veulent vous tuer !

Michel, cinglant son cheval, passa à vive allure devant la maison. Il enfonça son chapeau sur ses yeux. Deux gardes de l'Inquisition faisaient le guet devant la porte.

D'autres surveillaient l'entrée de l'hôpital. Il vit Scaglier traverser la place et sauta de cheval.

– Que s'est-il passé ?

– Michel ! Je l'ignore encore. L'Inquisition est venue, bien décidée à vous emmener en prison. Votre femme s'est emportée au point de suffoquer, et les enfants aussi. Elle pouvait à peine parler, elle a été prise d'une toux effroyable. C'est ce que m'a raconté Rosalie, qui l'a amenée chez moi.

Michel fit mine de rentrer dans l'hôpital, mais Scaglier l'arrêta.

– Vous ne pouvez pas y aller.

– Mais je dois l'aider !

– De quel secours serez-vous quand on vous aura jeté en prison ?

– Mais que faire ?

– Calmez-vous. Je vais examiner Marie et les enfants, et nous tiendrons conseil. Vous m'expliquerez comment les soigner. Allez chez moi. Je ne serai pas long.

Scaglier regagna vivement l'hôpital et s'entretint un instant avec le garde, qui le laissa passer.

Michel avança jusqu'au coin de la rue, attacha sa bête à un arbre. Il grimpa sur le mur qui entourait l'hôpital et sauta dans le jardin. Plié en deux, dissimulé par l'ombre des buissons, il courut jusqu'au bâtiment. Une seule fenêtre était éclairée, ouverte. Il la rejoignit, vit Marie et les petits étendus sur le sol, exactement comme la femme et les deux enfants à l'hôpital d'Arles. Il aperçut son sac de médecin à côté de la porte. Celle qui donnait sur le couloir était ouverte et gardée par un homme de l'Inquisition. Marie toussait affreusement. À grand-peine, elle s'approcha de la fenêtre pour respirer l'air frais.

– Marie ! chuchota Michel.

Elle sursauta.

Sa respiration était un râle, chaque souffle une torture.

– Michel, c'est toi ! Ils ont trouvé le *Ghayat al-hakim*, murmura-t-elle, interrompue par une violente quinte de toux. Fuis ! Ils te tueront !

Le garde approchait. Michel s'écarta vivement et

se recroquevilla contre le mur. L'homme regardait autour de lui, méfiant.

– Vous avez parlé, madame ?

– J'ai prié... la Vierge Marie... de m'aider... à me délivrer de mes souffrances, balbutia Marie en toussant.

Comme Scaglier entrait dans la chambre, le garde reprit son poste. Tentant de la réconforter, il examina la jeune femme et les enfants. Le vieux savant vit Michel, qui lui montrait sa gorge et son nez, puis Marie. Il comprit. Quittant alors sa cachette, Michel détacha son cheval et marcha jusqu'à la place, où il attendit dans l'ombre des arcades. Peu de temps après, Scaglier le rejoignit.

– Marie et les deux enfants ont dans le nez et la gorge une sorte de voile bizarre, leurs muqueuses sont gonflées. Leur pouls est faible et rapide. Ils ont du mal à avaler, comme si le voile palatal était paralysé. J'ai d'abord cru qu'il s'agissait d'une grave inflammation des amygdales. Mais ce n'est pas cela. Que faut-il leur donner ? Marie, grâce à sa présence d'esprit, a emporté votre sac de médecin.

Anxieux, Michel se rongeait les ongles.

– Dieu, quelle peut bien être cette maladie ? Je ne la connais pas. Respiration difficile, muqueuses gonflées, le cœur bat trop vite, risque de suffocation... L'essentiel, c'est d'éviter qu'ils étouffent. Donnez-leur... mon Dieu, de la pulmonaire pourrait leur faire du bien, trois grandes cuillers de cette plante séchée diluées dans un litre de vin... ou bien des feuilles de sauge. Mais tout cela prendra beaucoup trop de temps... Des gemmes ! Posez-leur des fragments de topaze sur le cou. Et du cristal de roche. Mais où les trouver ? Ces pierres sont chez moi...

– Ce sera trop long.

– Alors il n'y a... mais vous ne pouvez faire cela.

– Quoi ?

– Une incision du larynx. Il faut couper ici, d'un coup vigoureux, avec un couteau bien aiguisé, expliqua Michel en désignant son cou. Courez, sinon ils vont s'étouffer. Mais il faut que ce couteau soit propre.

– Très bien. Et maintenant, allez chez moi. Vous devez partir cette nuit.

– C'est impossible ! Je dois rester près de ma femme et de mes enfants.

– Vous ne serez d'aucune utilité à votre famille quand on vous aura massacré. Partez !

Scaglier regagna l'hôpital en courant. Michel monta sur son cheval. Mais, au lieu d'aller chez Scaglier, il retourna près du mur de l'hôpital et, d'un bond, se retrouva dans le jardin.

Marie parvenait à peine à respirer ; elle râlait. Elle l'attendait à la fenêtre. Comment avait-elle réussi à se relever ? Elle se cramponnait au cadre, son visage avait pris une teinte bleuâtre. En voyant Michel, elle tendit désespérément la main.

– Sauve-toi, murmura-t-elle. Je t'aime, Michel...

Scaglier venait de se montrer à la porte, mais le garde refusait obstinément de le laisser entrer. Le savant protesta avec véhémence, puis tenta d'écarter le garde. Celui-ci le repoussa violemment. Tandis qu'il se relevait péniblement, le garde leva sa lance d'un air menaçant et lui enjoignit de partir.

Marie caressa la tête de son mari.

– Michel...

– Je t'aime, Marie, je t'aime.

Il la retenait de toutes ses forces. Soudain elle tomba sur l'appui de la fenêtre, morte.

Le garde entra dans la pièce. Michel se colla contre le mur et se laissa glisser à terre. Des larmes roulaient sur ses joues.

Michel était assis dans la bibliothèque, entre Scaglier et son épouse, qui lui tenait la main. Il restait hébété. Personne ne disait mot. Jean, le serviteur, apparut.

— L'inquisiteur vous attend dehors.

Scaglier se hâta de sortir.

L'inquisiteur se tenait dans la rue, en compagnie de trois gardes et de Grenelle, le sculpteur. Scaglier ouvrit la porte. L'inquisiteur s'inclina légèrement devant lui.

— Monsieur, nous avons à parler.

— Maintenant ?

— L'affaire ne saurait souffrir de retard. La Sainte Inquisition...

— Je suis très fatigué. Je suis un vieil homme. Une amie très chère vient d'être rappelée à Dieu, ainsi que ses deux enfants. Pardonnez-moi. Demain, je répondrai volontiers à toutes vos questions. Bonne nuit.

— Où est M. de Nostredame ?

— À Arles. Il y combat la peste. Que lui voulez-vous ?

— Nous aimerions savoir comment il est venu en possession d'un livre que sa femme lisait lorsque nous avons perquisitionné à son domicile.

— Quel livre ?

— Le *Ghayat al-hakim*, répondit l'inquisiteur avec un léger sourire.

— Je ne saurais vous dire d'où il le tient. Je suis confus. Bonne nuit.

Sur ces mots, Scaglier referma la porte. L'inquisiteur resta sans voix.

– Forçons la porte ! s'écria Grenelle, furieux. Quelle impudence ! Me fermer la porte au nez !

L'inquisiteur réfléchit un instant.

– Nous le prendrons aussi bien demain matin. Celui-là ne nous faussera pas compagnie. De toute manière, ce Nostredame n'est pas ici. Nous avons le temps.

Grenelle était indigné.

– Cet arrogant ! Je ne m'y fierais pas !

L'inquisiteur haussa les épaules.

– Nous laisserons un garde devant la porte.

Scaglier retourna à la bibliothèque. Michel n'avait pas bougé.

– Il vous faut partir immédiatement.

Michel ne réagit pas.

– Il ne s'agit pas seulement de vous. Pardonnez-moi, je partage votre chagrin. Hélas, nous sommes tous en péril. L'inquisiteur vient de m'interroger, accompagné de votre ami Grenelle. Ils reviendront demain fouiller la maison. Il faut cacher les livres. Vous allez partir immédiatement. M'entendez-vous seulement ? Michel !

Il le gifla deux fois. Michel sursauta.

– Michel ! Partez ! À l'instant ! Je vous ferai porter les livres dans la nuit. Vous attendrez à l'auberge du Chapeau-Gris, à Clermont. Savez-vous où abriter ces livres ?

– Chez mon frère, le maire de Salon.

– Est-il fiable ?

– Il m'aime.

– Bien. Comment le *Ghayat al-hakim* est-il tombé dans les mains de Marie ?

133

— Je le lui ai donné.

— Je vous l'avais formellement interdit !

— Elle en avait besoin pour ses travaux. Si vous l'aviez laissée accéder à la bibliothèque, rien ne serait arrivé.

— Je ne veux pas me quereller avec vous maintenant. Venez !

Michel se leva enfin. Scaglier l'étreignit.

— Mon ami... J'espère que nous nous reverrons encore une fois dans cette vie. Vous trouverez la liste de nos amis dans le *Speculum astronomia* d'Albert le Grand. Si vous avez besoin d'aide, adressez-vous à votre confrère, le docteur Rabelais.

— C'est un ami ?

— L'un des meilleurs. Adieu.

Michel embrassa Mme Scaglier. Le serviteur guettait à la petite porte du jardin. D'un geste, il indiqua que la voie était libre. Michel monta sur son cheval et partit au galop. Il retourna d'abord à l'hôpital pour revoir une dernière fois Marie et les enfants. Là-bas, il aperçut Mme Auberligne et son mari entrer dans la salle pour voir les défunts.

— Il a sauvé la moitié du monde de la peste, dit Mme Auberligne, mais il a laissé mourir sa femme et ses enfants. Peut-être même les a-t-il tués. En tout cas, il devra rendre la dot !

Michel regardait Marie et les enfants. Un garde et deux aides se présentèrent. L'un d'eux saisit les pieds de Marie et la traîna dans le couloir. Les deux autres hissèrent les corps des enfants sur leurs épaules et le suivirent. Michel s'adossa au mur, à côté de la fenêtre. Il pleurait.

III

LE MOINE

Les Scaglier, Jean et Rosalie rangèrent dans des caisses les livres de la bibliothèque secrète, dissimulés sous des bouteilles de vin et une épaisse couche de paille.

Scaglier, inquiet, allait de l'un à l'autre.

– Pressez-vous ! Demain, Grenelle revient avec l'inquisiteur. S'ils trouvent ces livres, nous sommes perdus !

Puis, posant une main sur l'épaule de son valet, il lui expliqua ce qu'il attendait de lui :

– Jean, tu partiras avec les livres. Quand vous serez arrivés à Salon, tu me confirmeras qu'ils se trouvent en lieu sûr.

Plus tard, devant l'auberge du Chapeau-Gris, attendaient trois voitures remplies de caisses. Jean sortit de l'auberge et jeta un coup d'œil alentour avant d'adresser un signe à Michel. Celui-ci, relevant le col de son manteau, le visage à demi dissimulé par son chapeau, monta en hâte dans l'une des voitures. Jean prit place sur le siège de cocher d'une autre. Ils partirent aussitôt, sans que quiconque les eût remarqués.

Quelques heures plus tard, ils longeaient un fleuve serpentant dans une prairie en fleurs. Entrouvrant sa fenêtre, Michel aperçut les contours des montagnes dans l'air bleuté. Tout était paisible, l'air piquait, une brise légère soufflait. Le soleil disparut derrière les crêtes lisérées de carmin, tandis que les prés se paraient de pourpre. Mais il écarquilla les yeux : ce n'était pas les rayons du couchant ; l'herbe, les fleurs étaient baignées de vrai sang. Au même moment, un sifflement suraigu, insupportable, lui perça les tympans. Une grenade explosa, soulevant une énorme gerbe de terre. Une pluie de bombes s'abattit ; des engins volants rasaient le sol. Un véhicule fortifié émergea du fleuve, dépassa la voiture et s'enflamma soudain. Couchés dans des tranchées de terre, des soldats tiraient des balles par milliers. Michel vit l'un d'eux, blessé, saignant abondamment, se traîner jusqu'à sa voiture. L'homme leva un bras, sa main ensanglantée vint toucher la vitre. Une rafale l'atteignit dans le dos. Ses yeux implorants cessèrent de comprendre. Il tomba ; sa main couverte de sang glissa le long de la vitre. Partout le feu, la mort. Michel hurla, les mains plaquées sur ses oreilles. La voiture de Jean s'arrêta et le serviteur accourut.

– Que se passe-t-il, monsieur ? Vous sentez-vous bien ?

– Ce... ce n'est rien. Tout va bien...

Michel se frotta les yeux. Devant lui s'étendait un paisible paysage. Mais du sang souillait la vitre. Michel passa sa main sur l'autre face du carreau : le sang frais collait à ses doigts.

– Monsieur, qu'avez-vous ? Êtes-vous souffrant ? Vous vous êtes blessé !

Michel observa sa main et saisit le bras de Jean, comme pour s'assurer qu'il était bien réel. Il descendit de voiture et regarda autour de lui.

– Tout va bien, répéta-t-il. Jean, sais-tu où habite mon frère ?

– À Salon... Le maire... Oui.

– Va le trouver. Dis-lui de mettre ces caisses en lieu sûr, explique-lui que je vous rejoindrai plus tard. J'ai besoin d'un peu de repos.

Et, sans attendre, il se mit à dévaler la colline. Il trébucha, retrouva son équilibre et reprit aussitôt sa course, sous le regard éberlué de Jean. Haussant les épaules, celui-ci regagna la voiture et fit signe aux deux autres cochers. Le convoi repartit.

Michel chemina deux jours dans les montagnes avant de rencontrer un paysan, qui conduisait une charrette tirée par un bœuf. L'homme lui offrit de s'asseoir à côté, mais à présent le chemin grimpait trop. Devant lui, l'homme guidait sa bête, la tirant au bout d'une corde enroulée autour de son poignet. Michel leva les yeux vers les cimes rocheuses. Soudain, il les vit s'effondrer. D'énormes masses de pierre roulaient dans la vallée avec un fracas terrible, écrasant tout sur leur passage, chaque arbre, chaque buisson. La charrette vola en éclats, entraînant avec elle le bœuf et le paysan dans le précipice. Durant un long moment, Michel resta figé, tremblant de tout son corps, sans pouvoir faire un mouvement. On n'entendait plus un bruit. Seul le temps s'écoulait.

Enfin, il se remit en route, marchant comme en transe, sans s'arrêter, des heures durant. Il franchit des cols, traversa des vallées avant de distinguer, au loin, dans la plaine qui s'étendait à ses pieds, un monastère. Des frères travaillaient aux champs. Michel courut vers eux, les hélant de la voix et du geste. Subitement, il s'écroula, évanoui.

Michel ne vit d'abord qu'une auréole de lumière diffuse. Puis il distingua les bougies fichées dans un cercle de fer, comme une couronne enserrant le crâne d'un moine dont le visage touchait presque le sien. Le moine dodelinait de la tête sans mot dire. Michel regarda autour de lui. Il était étendu sur une paillasse, dans une cellule. Il se mit sur son séant et ferma les yeux. Comme le moine le secouait, il rouvrit les yeux; l'autre partit d'un rire strident. Une assiette de soupe à la main, il s'assit sur la paillasse.

– Où suis-je? demanda Michel.

– En enfer!

Il tenta de se lever, mais le moine le repoussa avec une vigueur peu commune.

– Mange! grommela-t-il en tendant à Michel une cuillerée de soupe. Tu ne pries pas avant de manger? poursuivit-il. Ça ne fait rien. J'ai prié pour toi. Mange seulement. Mange.

Et il entreprit de nourrir Michel comme l'on gave une oie. Celui-ci fut bien forcé d'avaler les cuillers de soupe qu'il lui enfournait en bouche, tout en parlant.

– Ce sont des voleurs, ici, commença-t-il dans un chuchotement.

Puis, avec un rire bref:

– Ils m'ont volé ma raison. Et ils t'ont volé ton argent. Vois: j'ai tout oublié. Ils disent que c'est bien ainsi. Ils me donnent à manger. Ils me frappent aussi. L'un d'eux est mort. Je dois me débrouiller. C'était hier. Ou demain. Notre-Seigneur ressuscitera alors, c'est ce qu'ils disent.

Il se mit à chanter :

– Je crois en Dieu, le Père, le Tout-Puissant...

Le son grêle d'une petite cloche retentit. Le moine s'interrompit aussitôt, reposa l'écuelle sur un tabouret et sauta sur ses pieds.

– Viens !

Michel se leva avec peine. Il était encore très faible. L'empoignant par le col, le moine l'aida à se redresser, le tira sans plus de façons hors de la cellule, puis le long du couloir. Alors qu'ils arrivaient à un coude, le moine s'arrêta. Un doigt sur la bouche, il glissa un œil méfiant de l'autre côté. Puis, saisissant Michel par les hanches, il le hissa sur ses épaules, enfila le couloir au pas de course et gravit une étroite volée de marches. Michel entendit alors un chant monocorde, ponctué de cris extatiques. Par une petite fenêtre doublée d'une grille, percée dans le mur au ras du sol, ils aperçurent une vaste salle où des dizaines de moines, torse nu, se flagellaient, certains avec des verges, d'autres au moyen de lourdes chaînes. Le dos en sang, ils chantaient et criaient sans relâche, comme possédés.

– Ils disent que je suis fou. Mais je ne suis pas du tout fou, dit le moine en montrant ce spectacle. Je vais prier pour toi, ajouta-t-il en caressant le visage de Michel. Tu es bon.

Derechef, il le hissa sur ses épaules et reprit sa course, jusqu'à ce que deux frères surgissent devant eux. Le moine, lâchant Michel, les saisit au collet, les souleva de terre et les projeta contre le mur. Puis, reprenant Michel par la main, il lui fit dévaler l'escalier. Ils pénétrèrent dans une petite cellule. Le moine décrocha le crucifix qui ornait le mur, découvrant un petit trou d'où dépassait un brin de laine. Il ôta sa couronne, enflamma la laine à la flamme d'une bougie, fit basculer Michel sur son épaule et fila jusqu'à une petite porte scellée par une grille qu'il descella sans aucune peine, car les barreaux en avaient été sciés. Dans l'obscurité, il entraîna Michel à travers les broussailles. Ils coururent jusqu'à une prairie, qui s'étendait en contrebas du monastère, et s'arrêtèrent enfin sous un chêne. Michel, hors d'haleine, regardait vers le monastère éclairé par la pleine lune. Subitement, dans une gigantesque déflagration, le monastère explosa. Le souffle projetait des pierres çà et là, tandis que les flammes montaient vers le ciel.

Le moine émit un rire strident. Il tendit l'oreille, s'efforça de reproduire ce rire.

– Je m'écoute rire ! s'exclama-t-il. Qu'en dis-tu ?

Accompagnant sa question d'une bourrade, il demanda à Michel :

– Pourquoi je ris ? Dis-moi, je ris tout le temps. Pourquoi ? J'oublie aussitôt pourquoi j'ai ri !

– Vois-tu un incendie, là-bas ? demanda Michel. Le moine opina.

– Le monastère vient de voler en éclats, n'est-ce pas ? Je n'ai pas rêvé ?

– Tu n'as pas rêvé.

– C'est bien toi qui l'as fait sauter ?

– C'est bien moi qui l'ai fait sauter

– Et... pourquoi cela ?

Le moine resta silencieux.

– Pourquoi ? Parle ! Pourquoi les as-tu tués ?

Le moine laissa passer un long moment avant de murmurer :

– Ils sont venus chercher des petits enfants dans les villages. Et ils les ont massacrés. Ils ont réduit leurs cœurs, leurs reins et leurs rates en menus morceaux, et les ont laissés sécher pour en faire une poudre, qu'ils ont mêlée à du vin... et ils l'ont bue ! Mais pas moi. Jamais ! Je suis fou, c'est vrai. Mais écoute : moi aussi j'ai broyé une poudre. Et j'ai tordu une longue mèche. Je l'ai allumée. Le feu a pris. Nous avons couru. Et... badaboum !

Il tendit le bras et décrivit un vaste cercle, englobant toute la contrée.

– On ne tuera plus d'enfants ici. M'entends-tu ? M'entends-tu ? Et maintenant, viens ! ajouta-t-il en se relevant promptement.

Ils marchèrent toute la nuit. Au matin, ils arrivèrent dans un pré couvert de cognassiers sauvages.

– J'ai faim, dit le moine.

Michel cueillit quelques fruits. Ils les dévorèrent, assis dans l'herbe.

– Tu ne pries pas non plus avant de manger, observa le médecin.

– Je prie sans cesse. À chaque pas. Du lever au coucher. J'ai prié pour toi. Mange. Mais tu devrais prier aussi, c'est plus sûr. Qu'allons-nous faire, maintenant ? Mourir ? Je ne veux pas mourir. Et toi ? Mais que faire d'autre ? Une si grande faute ! Personne ne peut prier assez.

Michel ôta son manteau et entreprit d'y amasser des coings. Le moine se chargea de ce sac improvisé et ils se remirent en chemin. Plus loin, avisant une chaumière, Michel alla frapper à la porte. Personne ne se montra.

– La guerre, dit le moine. Tous morts, massacrés. Pourquoi ?

La porte n'était pas fermée. Ils entrèrent.

— Pourquoi les frères ont-ils tué des petits enfants dans ce monastère ? Pourquoi ont-ils fait sécher leurs cœurs, leurs reins, leurs foies pour les boire avec du vin ? demanda Michel.

— Quels moines ? Quel monastère ? Qui a tué des enfants ?

— Ne te rappelles-tu point ?

— J'oublie tout. Quand je me rappelle les choses, je me sens mauvais et malade, la tête me lance. Lorsque je ne pense à rien, lorsque je prie, je sens en moi la présence de Dieu.

— As-tu aussi tué des enfants ? Est-ce pour cela que tu ne veux pas te souvenir ?

Le moine fit un geste de dénégation.

— As-tu également bu au suc des cœurs d'enfants ?

Le moine secoua violemment la tête.

— Tu as arraché les cœurs des enfants ! Et leurs rates ! Et leurs foies ! Tu en as fait une poudre que tu as mêlée à du vin. Et tu as bu le vin, comme les autres !

Le moine se retourna en grondant :

— Non !

— Alors pourquoi veux-tu tout oublier ?

— Il le faut.

— Que veux-tu dire ?

— Tu me tourmentes.

— Je ne te tourmente pas. C'est toi qui te tortures en essayant d'oublier.

— Il le faut.

— Pourquoi ?

— Je ne veux pas en parler.

— Mais tu te souviens ?

Le moine hocha la tête.

– Et tu ne veux pas en parler ?

Le moine hésita. Puis il dit, à voix basse :

– Ils ont tué mon enfant. J'ai fait un enfant à la sœur du menuisier. Une fille. C'était un secret. J'ai vu son cœur dans le pot.

Il prit Michel par les épaules. Les souvenirs lui revenaient et la terreur déformait son visage.

– J'ai dû l'éplucher et le couper en petits morceaux ! Ils m'ont frappé pour m'y obliger ! J'ai trouvé l'enfant sur le fumier. Avec les autres... Les rats leur avaient dévoré les poumons et les entrailles. Et les yeux !

Michel l'étreignit.

– J'ai tenté de trouver la paix dans un monastère, échapper à ces souvenirs horribles qui me torturent.

Il émit un de ses rires étranges.

– Pourquoi ris-tu ?

– Je l'ignore...

Sur le marché d'un petit village, ils dressèrent un étal pour vendre la confiture de coings qu'ils avaient préparée dans la maison abandonnée. Autour d'eux régnait une vive animation : une cohue de badauds et de marchands, des femmes qui proposaient fruits et légumes à la criée, des nuées d'enfants. Le moine servait les acheteurs, Michel jetait l'argent dans un coffret de bois posé par terre. Ils écoulèrent sans peine leur réserve. Un petit garçon se campa devant eux et demanda :

– Est-elle bonne ?

– Désires-tu la goûter ? lui proposa Michel, amusé.

Il tendit une cuiller bien remplie au gamin, hilare. Soudain, un vrombissement sourd emplit l'air. Un engin volant à hélice, semblable au croquis du grand Léonard, tournoyait au-dessus des maisons. Il plongea brusquement vers Michel, qui se jeta au sol, ses hurlements couverts par le fracas d'un bombardement. Des milliers de projectiles crépitèrent à la fois. Le gamin s'était effondré, criblé de blessures. Un pot de confiture roulait sur le pavé. Quelques étals flambaient et, en face, une maison s'écroula. Puis des voitures de bronze firent irruption sur le marché, suivies de charrettes sans chevaux. La foule courait en tous sens, affolée, sans pouvoir s'échapper : la place était cernée. Des soldats, descendus de ces véhicules, ouvrirent le feu sans ménagement. Des cadavres jonchèrent aussitôt le sol. Puis ils commencèrent à séparer les survivants, certains s'emparèrent de femmes ou de jeunes filles, arrachèrent leurs vêtements et les violèrent. Michel vit l'un d'eux ouvrir d'un coup de baïonnette le ventre de sa victime. Il bondit pour tenter de l'étrangler, mais se sentit tiré en arrière, roué de coups et piétiné. Une voix tonitruante échappée d'un puissant porte-voix aboyait des ordres ; les hommes furent regroupés à gauche de la place, les femmes et les enfants à droite. Une petite fille se cramponnait à son père, qui tentait en vain de la persuader d'obéir. On abattit l'enfant.

– Je ne veux plus voir ça ! Assez de ces visions ! Je m'arracherai les yeux ! hurla Michel, tremblant de tous ses membres.

Le moine le prit dans ses bras.

– Tu n'en as pas le droit ! Dieu veut que tu voies, mieux et plus loin que les autres !

Michel cacha son visage dans ses mains.

– Tu dois répondre à son appel. Entends-tu ? Tu n'as pas le droit de t'y opposer. Ce serait pécher !

– Je ne veux plus de cela...

– Tu n'as pas le choix. Mais prends garde ! S'ils découvrent que Dieu t'a choisi, ils te poursuivront, et ils te tueront. Ils ne te laisseront en paix que s'ils te prennent pour un fou...

Il éclata d'un rire strident, balayant la place d'un regard circonspect.

– Ainsi, tu n'es pas fou le moins du monde ? dit Michel.

Le moine le regarda, déconcerté.

– Ils disent que je le suis, et je prie pour le rester. Ne pas devenir comme eux ! Je prie pour toi. Toi aussi, tu dois prier.

Il saisit un pot et, tout miel, le tendit à une femme.

– Prends-en donc deux. Ce sont les derniers. Quand ton mari en aura mangé, il ne voudra plus s'en passer. Goûte !

La femme obtempéra. Puis, conquise :

– Je les achète tous !

– Quoi ?

– Oui, tous !

Le moine étreignit Michel en partant d'un grand rire.

Le lendemain matin, ils refirent une ample provision de coings. Cette fois, Michel confia au moine la cuisson des fruits.

– C'est très bon, affirma-t-il. Maintenant, tu sais comment faire.

– Tu veux vraiment repartir ?

– Oui. Ne les vends pas moins cher. C'est le juste prix. Tu pourras en vivre.

– Tu peux aller où tu veux, tu n'échapperas pas à ton destin. Je suis triste. Où vas-tu ?

145

Michel eut un geste vague.

– Je ne sais pas. En Italie. Au sud, en Sicile... Et puis en Suisse, en Hollande... Je m'en moque. J'irai là où est la peste.

– Et les livres qui sont chez ton frère ?

Michel sursauta, glacé d'effroi.

– Qui t'a parlé de ces livres ?

– Toi-même, dans ton sommeil. Veille aussi à ne pas dormir près d'un inconnu.

– Je ne veux plus revoir ces livres, de toute ma vie ! Je veux être médecin, rien de plus.

IV

LA CONTESSA

Ils jouaient aux échecs sur la terrasse, qui offrait une vue magnifique sur les vignobles. La contessa poussa un pion en regardant Michel d'un air de triomphe.

– Eh bien ! qu'en dites-vous, monsieur ? Vous avouez-vous enfin battu ? Ne me forcez pas à vous humilier, ce serait par trop affreux !

La splendide demeure de la contessa n'était guère éloignée de Florence. Clouée dans son fauteuil roulant, la vieille femme dégustait une liqueur très sucrée, serrant son verre dans ses mains tremblantes. Elle était extrêmement maigre, émaciée. Son teint était de cendre, mais elle avait appliqué un fard rouge vif sur ses joues tombantes et ses lèvres minces. Sa voix de gorge était rauque, cassée, et ses bronches sifflaient et ronflaient. Elle était ce jour-là de la meilleure humeur.

Michel avança son fou.

– Que faites-vous là ? Vous persistez ? Que signifie ?

Elle rit. On eut dit une scie crissant sur du métal.

– C'est indigne, vous en voulez à ma dame ! Les

hommes courent toujours après les femmes. À vrai dire, c'est un bienfait, autrement, rien ne pourrait perdurer en ce bas monde. Imaginez ce qui arriverait si les hommes cessaient de nous désirer. Inconcevable ! Ah ! vous ne savez pas combien votre compagnie me ravit. Tous les charlatans qui m'ont soignée jusqu'ici m'ordonnaient de garder la chambre et m'imposaient des saignées continuelles. Et toujours les rideaux tirés. Rien d'étonnant à ce que j'aie l'air d'un spectre. Vous êtes le premier qui me permettez de profiter de la lumière, de l'air et du soleil. Depuis que vous êtes ici, je me sens aussi jeune qu'une biche. Donnez-moi votre main. Quand je la tiens, il passe en moi une telle énergie que je pourrais déraciner des arbres pour en faire du petit bois ! Mais j'ai entendu dire que vous souhaitiez repartir ? Vous n'y pensez pas sérieusement.

– Mais si !

– Comment ? Vous resterez ici. Vous ne manquerez de rien.

– Il faut pourtant que je parte.

– Pourquoi ne tenez-vous jamais en place ? Trouvez-vous une femme ! Faites des enfants ! Vous avez l'âge de vous établir.

– Ma femme est morte, et mes deux enfants avec elle. J'ai été incapable de les sauver.

– Quoi ! Quand cela est-il arrivé ?

– Voilà bientôt dix ans. Depuis, je n'ai cessé de vagabonder. Bâle, Berne, Milan, Venise, Parme, Padoue, Rome, Palerme, Amsterdam. Dix années, oui.

– Et vous souffrez toujours ? Sans doute aimiez-vous beaucoup votre femme.

– Oui.

– Où voulez-vous donc aller ?

– Peut-être en Hollande. Partout on réclame des médecins.

– Si votre femme et vos enfants sont morts malgré tout votre art, c'est parce que la sagesse divine en a décidé ainsi, et non par votre faute. Vous êtes un bon médecin. Vous n'avez rien à vous reprocher. Là-haut, au nord, il fait froid, brumeux et humide. Ici, le soleil brille. Restez au moins cet hiver.

– J'ai déjà fait mon bagage.

– Souhaiteriez-vous ma mort ?

– Avec votre constitution ? Vous pourriez aisément vivre jusqu'à quatre-vingt-dix ans.

La contessa éclata de rire.

– Mais je les ai déjà !

– Comment ?

– Je vous l'assure ! J'ai eu quatre-vingt-onze ans au mois de mai dernier. Et j'ai toujours ma tête.

Elle l'observa, la mine grave.

– Qu'est-ce qui vous tourmente ainsi, mon garçon ? Que fuyez-vous ? Ce ne sont pas, sans doute, vos tristes souvenirs, car nul ne peut y échapper ; on les emporte toujours dans sa besace. Que fuir ? Tout finit par vous rattraper. Surtout les fantômes.

– Je ne suis fatigué que lorsque je suis en chemin, et que chaque jour me voit en un nouveau lieu où je travaille jusqu'à l'épuisement. Alors seulement je puis ne plus penser et trouve un peu de paix. Et j'oublie. Je voudrais tant tout oublier.

– Avez-vous vécu des événements si terribles ?

– Quand on ne cesse de voyager, comme moi, plus rien ne vous est étranger. Les hommes... Tels qu'ils sont en vérité, on ne le sait qu'au temps des

149

catastrophes et du malheur. Ce sont des brutes, des rapaces, méchants et avides, des monstres. Cet égoïsme ! J'ai vu des mères qui abandonnaient leurs enfants, sans hésiter, par peur de la contagion. Des hommes qui frappaient à mort leur femme et l'enterraient, pensant ainsi sauver leur peau ! À Avignon, j'ai vu une bande de maraudeurs piller un palais où toute une famille agonisait. Ils ont tout pris, argent, bijoux, tableaux, ils ont dépouillé les mourants de leurs vêtements, leur ont coupé les doigts pour s'emparer des bagues. Et ils n'ont pas pensé, les insensés, que ces vêtements les contamineraient ! Ils sont tous morts. J'ai vu tant de choses effroyables, tant de misère et de désespoir... Quand toute espérance les abandonne, quand elle plie et renonce, l'homme devient plus stupide qu'un bœuf. À Toulouse, ils dansaient, jour et nuit, jusqu'à tomber par terre d'inanition et ne se relevaient plus. Nul ne se souciait d'eux. Les autres continuaient à danser autour des morts, tandis que les rats les dévoraient déjà. Ils ne voyaient plus rien, dans leur ivresse. À Marseille, en pleine rue, des hommes malades assaillaient des femmes saines, arrachaient leurs vêtements et les violaient. Puisqu'ils allaient mourir, ils voulaient brûler leur vie par chaque bout. Nul ne devait leur survivre, et nul n'était capable de freiner ces terribles transports. Au contraire. En peu de temps, toute la ville sombra dans la démence la plus furieuse. Ils étaient fous, au point que ceux-là mêmes qui étaient en bonne santé forniquaient avec les malades. Les pauvres envahissaient les demeures des riches, s'emparaient des femmes et vengeaient mille fois leur détresse. Et quand les maris de ces malheureuses tentaient de les défendre, on les tuait. D'autres se flagellaient, espérant que la pénitence les sauverait : ils se fouettaient si longuement qu'ils mouraient de leurs propres blessures, vidés de leur sang. Plus une once de bon sens, ou presque, ni de confiance, nulle part. Beaucoup se précipitaient dans les puits, d'autres par les fenêtres. Qui s'opposait à cette folie périssait. Tout était soudain permis ; il n'y avait plus ni loi ni limite. Ce que j'ai vu, c'était la liberté absolue. Chacun faisait ce qu'il voulait. Et j'ai pu voir ainsi quel est le plus grand plaisir des hommes : torturer et tuer. Lorsqu'ils sont véritablement libres, déliés de toute contrainte, toute autorité, les hommes deviennent plus féroces que des bêtes. La dispense de notre roi leur convint à merveille, lorsqu'il ordonna de pourchasser et tuer les Vaudois, partout où on les trouverait. On pouvait dès lors assassiner par ordre suprême et avec la protection des autorités. Partout, les hérétiques furent mutilés, massacrés, brûlés. Et là où l'on n'en rencontrait point, eh bien, tout simplement, on en inventait.

La contessa l'avait écouté avec grande attention. Elle garda le silence un moment, puis lui demanda :

– Pourtant, vous vous souciez des hommes ?

– Il le faut. Je ne puis faire autrement.

– Si vous restez encore ce soir, peut-être cela vous plaira-t-il, vous ferez la connaissance d'un de vos compatriotes. Ce jeune homme a tout juste dix-sept ans, mais il est très doué, à ce que l'on dit, et téméraire. Il était à Rome et repart chez lui. Peut-être même le connaissez-vous : M. Étienne de La Boétie.

– Vous avez entièrement raison, monsieur, dit Étienne.

Après le dîner, ils avaient tous trois pris place au coin du feu.

– La foule des hommes, lorsqu'elle est livrée à elle-même, ne peut que provoquer sa propre ruine, poursuivit le jeune homme. Mais pourquoi en va-t-il ainsi ? Parce qu'un ordre séculaire et notre magnifique religion les ont conduits, lorsqu'ils sont soudain soumis à leurs propres volonté et désir, à ne plus pouvoir que tuer et détruire. Mais cela ne les rend heureux en aucune façon. En vérité, ils attendent d'être délivrés ; qu'enfin un homme vienne et les empêche, par la violence, de continuer ainsi. Un homme qui les punisse de leurs manquements et leur montre leur place, mais qui, aussi, leur pardonne. Qui soit bon et sévère, les loue et les distingue quand ils se montrent obéissants. Les hommes se résignent toujours librement à la servitude, car celle-ci seule leur garantit la sécurité. Ils renoncent à leurs responsabilités et se croient exempts de toute faute, quoi qu'ils fassent. Tels sont les temps où nous vivons : tout ce qui a été si longtemps retenu et réprimé revient à la surface, se déchaîne par moments – parce que l'autorité est faible et n'impose pas de limite.

– Vous appelez donc de vos vœux un prince puissant ?

– Bien au contraire ! Cela n'y changerait rien. J'ai lu Thomas More et Platon, et tout ce qui a pu être écrit sur l'État parfait. Et qu'ai-je trouvé dans leurs livres ? Des fantasmagories qui me donnent le frisson ! Utopia, pays de nulle part !

Il rit.

– Ce sont vraiment des rêves, qui ne nous mène-ront à rien. Les uns comme les autres n'ont su inventer qu'un État où les hommes seraient constamment opprimés, surveillés et punis. Ces beaux esprits veulent tout nous prescrire : ce que nous devons manger, qui nous pouvons aimer et quand, ce que nous devons lire, quelle musique écouter, rien n'échappe à leurs lois. Comment un homme pourrait-il s'épanouir dans un tel État ?

– Et que proposez-vous ?

– Tout le mal vient justement de la servitude, que les faiseurs d'utopie nous prescrivent comme remède. Car tous ne voient de salut que dans la tyrannie. Mais qu'est-ce que la tyrannie ? Qui sont les tyrans ? D'où tiennent-ils leur pouvoir sur nous ? Qui donc interdit ? Qui ordonne ? Qui surveille ? Qui punit ? Qui distingue ? Ce sont bien des hommes aussi, qui s'arrogent le droit de s'élever au-dessus des autres, de décider du bien et du mal et de disposer de leur vie et même de leur mort. Pourtant, eux aussi n'ont que deux yeux et deux mains. D'où leur vient alors ce pouvoir ? Et leur puissance ? Eh bien ! de la foule. C'est elle qui le leur donne. Celui qui règne n'a pas tant d'oreilles qu'il puisse épier chaque maison, même si tous sui-vent docilement ses ordres. Les oreilles se trouvent dans les maisons mêmes, et les yeux, et les bouches, qui voient et rapportent tout. Et les mains ? À qui donc appartiennent les mains qui frappent la foule des hommes ? Les pieds qui leur font mordre la poussière ? À la foule des hommes, précisément, au nombre ! Car celui qui règne n'a que deux mains. Il n'a de pouvoir sur les hommes que celui qu'ils lui donnent ! Vous êtes ceux qui l'aident à vous réduire en esclavage. C'est vous-mêmes que vous pillez, vous-mêmes que vous trahissez. Aucun animal ne tolérerait ce que vous acceptez !

L'enthousiasme avait mis le feu à ses joues. Il saisit son verre et le vida d'un trait.

— Et comment se fait-il que le nombre l'ait toujours toléré ?

— La peur. La peur d'être véritablement humain.

— Est-elle si dénuée de fondement ?

— Non, certes. Elle n'est que trop compréhensible. Depuis des siècles, on brise la libre volonté. Où trouver la force d'être responsable de soi et de décider de son destin en connaissance de cause ? Or je dis qu'il n'est pas d'autre chemin. Chemin pénible, je l'avoue. Mais tous les autres mènent à la ruine. Nous n'avons pas le choix. Par nature, nous sommes libres et nous sommes égaux. De cela suit forcément le reste. D'abord, il s'agit d'en finir avec la tyrannie. C'est très simple : il n'est même pas besoin de combattre le tyran par la violence, il suffit de cesser d'accepter sa propre servitude. Il n'y a rien à lui prendre, il suffit de ne plus lui donner. Alors le tyran s'éteint de lui-même. Qu'on cesse seulement de le nourrir, il est déjà vaincu !

— C'est chose facile et simple à dire, mais manifestement plus difficile à faire.

— L'essentiel est de connaître les lois de la nature et de notre propre nature. Alors, nous découvrirons ce que les Anciens savaient déjà : nous sommes un des éléments de la nature. Nous n'obéirons à notre destin que si nous nous comportons conformément à elle. Alors, tout se tiendra dans la juste mesure, qui exclut toute dénaturation. La nature, dans son dessein divin, ne tend pas vers la destruction, mais vers la perfection. Elle se conserve et se perpétue elle-même, depuis le commencement et pour l'éternité. Tous disent qu'il ne saurait y avoir de *perpetuum mobile*. Quelle sottise ! Nous l'avons pourtant chaque jour devant les yeux : la nature, qui sans cesse se procrée elle-même ! Je vous le dis, si par orgueil, nous croyant le sommet de la Création, nous nous élevons au-dessus de la nature, elle se vengera et nous anéantira. Nous ne sommes, bien que doués de raison, qu'un élément ordinaire de l'univers. Et la faculté de nous connaître nous-mêmes, qui nous différencie des animaux, devrait nous amener à reconnaître ce fait. Si forts que nous soyons, nous n'avons pas la puissance de nous opposer à la nature et de la traiter en inférieure. Et c'est pourtant ce que nous faisons chaque jour, en nous opprimant nous-mêmes, en nous pillant nous-mêmes. L'histoire des peuples montre que la plus grande détresse s'abat toujours sur les hommes quand l'un d'eux s'élève au rang de despote et les maltraite. Gardons-nous de nos utopies ! Soyons attentifs à ce qui est en nous, connaissons notre nature, alors nous serons justes et bons.

Michel l'approuva.

– Je n'ai pas la tête politique et ne m'intéresse guère à la chose publique, dit-il. C'est peut-être honteux, mais je n'en ai pas le temps. Toutefois ce que vous avez dit sur la nature me semble très convaincant. Nous en sommes de fait un des éléments. Et nous devons apprendre à en tirer parti. Certes, je vois bien des obstacles sur ce chemin, mais vous avez raison : il n'y en a pas d'autre, ni politique ni moral.

La contessa s'était endormie dans son fauteuil.

– Nous devrions aller nous coucher, dit Michel. Il est tard.

Un serviteur entra, portant sur un plateau une missive qu'il tendit à Michel. Celui-ci l'ouvrit, un peu étonné. La contessa s'était réveillée.

– J'ai manqué toute votre conversation ! s'écria-t-elle en se frottant les yeux.

– Que pourrait-on encore vous apprendre ? Une femme qui a atteint votre âge a compris la vie ! dit Étienne avec humour.

La contessa lui sourit.

– Eh bien ! je ne sais. J'ai su vivre, mais est-ce que je connais la vie ?

– Peut-être n'y a-t-il pas de différence ?

– Peut-être, oui. Je ne sais pas.

La contessa, curieuse, se tourna vers Michel.

– Une lettre de mon frère Paul, expliqua-t-il. Une épidémie de peste s'est déclarée à Salon. Il me prie instamment de venir. Paul est le maire de la ville.

– Pauvre France..., soupira la contessa. Tant de malheurs, tant de guerres... Et tout cela à cause de la religion !

– Je ne le crois pas, dit Michel. C'est seulement le misérable manteau que sont obligés d'endosser les hommes avides de puissance. Il s'agit de politique. Et de pouvoir. De terres et d'argent, de gloire et de vanité. Mais pas de Dieu.

Il se tourna vers Étienne.

– J'acquiesce à tout ce que vous avez dit. Mais il passera bien du temps avant que les hommes comprennent qu'ils n'ont pas d'autre choix. À moins qu'ils ne préfèrent bel et bien s'exterminer.

– Ce ne serait peut-être pas la pire solution, dit la contessa.

156

– Mais, madame, nous passons notre vie à nous casser la tête pour éviter que cela se produise, répliqua Michel en riant.

– Rien ne changera, soupira la contessa. Rien du tout. Jamais.

Elle agita une clochette et reprit :

– Mais ne vous laissez pas convaincre par la résignation d'une vieille femme. J'apprécie beaucoup votre tempérament et votre fougue, jeunes gens. La plupart des hommes sont semblables dès leur naissance à des vieillards, ils sont plus vieux que je ne le serai jamais, n'osent ni ne risquent rien. Ils s'installent et s'arrangent des choses telles qu'elles sont, courbant l'échine et supportant tout. Et ils ne sont plus bons qu'à être jetés sur le fumier. Je trouve magnifique que vous rêviez de temps meilleurs, que vous vous enflammiez pour ces idées. L'espoir aiguise les sens et les tient en éveil. Ainsi le temps, qui est indifférent à tout, passe plus agréablement... Vous a-t-on parlé de Machiavelli ? Il nous visitait souvent ; sa maison était près d'ici, à San Casciano, et son exil l'ennuyait affreusement. Pour se divertir, il prenait des grives à la glu, passait des nuits entières à boire au cabaret, jouait au trictrac avec les paysans et espérait de tout son cœur qu'on finirait par le rappeler. C'est alors qu'il écrivit *le Prince*. Et c'est ainsi qu'il survécut, en dialoguant avec les Anciens. Il venait souvent nous voir. Il aimait ma glace au citron et mes gaufres à la cannelle. Parfois, il nous lisait un petit chapitre de son traité. Il s'amusait beaucoup de voir mon mari s'emporter – mon mari était un homme simple.

– Parce qu'il se fâchait ? s'écria Michel. Alors votre mari était un homme intelligent.

157

– Intelligent ? Mon mari ?

La contessa éclata de rire.

– Quelle tristesse qu'il soit mort ! Il aurait aimé votre phrase. Vous auriez pu tout obtenir de lui car il était un homme d'une grande bonté. Mais aussi un vrai sot ! Je l'aimais bien. Il m'a tout pardonné, chaque folie, chaque bêtise, chaque passion, si déraisonnables fussent-elles. Il savait bien qu'en mon âme je lui restais fidèle, malgré toutes mes turpitudes... Comment en suis-je venue à vous en parler ? Ah ! oui. Parce que vous avez réfuté More et Platon avec tant de véhémence. Quand leurs noms étaient prononcés, Machiavelli aussi se mettait en colère.

– Je réfute les propos de ces gens pour de tout autres raisons que lui, dit Étienne froidement. Machiavelli était un bandit.

– Mais non ! Quelle idée ! Il était spirituel, cultivé, vraiment charmant ! Sa conversation pouvait être des plus attrayantes.

– Cela se peut, mais n'y change rien.

– Parfois, nous faisions jouer une de ses pièces dans le jardin ; c'était délicieux. Vous les auriez probablement goûtées.

– Je ne crois pas. Son livre est une infamie.

La contessa le regarda, égayée.

– Pourquoi donc ? Parce qu'il a percé à jour la nature humaine, qui est infâme, comme aucun autre ne l'a révélée ? Parce qu'il a eu le courage de la décrire ? Il n'a pas craint de regarder en face notre ignoble figure. Et ce serait un crime ? Je ne puis l'admettre !

Un jeune homme entra dans la pièce.

– Que se passe-t-il ? lui demanda la contessa d'un ton courroucé.

– Vous avez sonné.

– Moi ? Pourquoi ? Pour regagner mon lit ? Mais je n'y pense pas ! Je dormirai quand ces deux messieurs seront repartis. Je suis toute gaillarde ! Laisse-moi. Apporte-nous plutôt une bouteille de vin, du jambon, du fromage et des olives. Ensuite, va au lit, je n'ai plus besoin de toi aujourd'hui !

Elle regarda Michel et Étienne en souriant.

– Je jure qu'un de ces messieurs portera au lit le petit paquet d'os que je suis !

Puis, s'adressant cette fois au serviteur :

– Qu'y a-t-il ? Presse-toi !

Il s'inclina et sortit.

– Où en étions-nous ? reprit la contessa. Ah ! nous parlions du courage. Celui qui a compris la nature humaine, comme Machiavelli, et peut cependant continuer de vivre avec un peu de gaieté, sans se départir de sa confiance ni de sa sérénité, ni sombrer dans la mélancolie, celui-là est assurément un gaillard ! Cela exige plus de courage et de bravoure qu'il n'en faut pour fendre le crâne d'un ennemi sur un champ de bataille.

– Il aurait mieux valu qu'on fendît son crâne à lui avant qu'il n'écrive ce livre ! rétorqua Étienne.

La contessa eut l'air ravi.

– À ce que je vois, la violence n'est pas tout à fait étrangère à vos vues. Vous me rassurez !

Étienne ne put que rire avec elle.

– Vous vous seriez entendus, affirma la contessa. Même en ne cessant de vous disputer.

– J'en doute fort, déclara le jeune homme. En tout cas, contre ce Machiavel, je défendrai toujours ces faiseurs d'utopie qui pourtant me déplaisent. Ils ressentaient vivement les imperfections de notre monde. Les fléaux, les guerres et les rébellions, la pauvreté et la mendicité les indignaient, ils souffraient de voir leur pays transformé en bourbier, les villes décliner, les hommes périr sans jamais cesser de se haïr, de s'asservir et de se massacrer. Ils souhaitaient un monde meilleur et avaient la volonté de le faire advenir. Machiavel n'a rien de cela. Il n'a été qu'un homme de main du mal, un laquais des grands criminels qu'il conseillait et servait, afin qu'ils pussent mieux encore asservir les malheureux par le mensonge, la flatterie et la violence ! Ce livre a montré à ceux qui méprisent tout, qui ne sont qu'avidité, égoïsme pervers et maladif, le moyen de satisfaire sans limites leurs monstrueux désirs. C'est ainsi que se perpétue l'épouvante. Il n'y a là aucun souci des autres, aucun amour, aucun don. Et, ce qui me semble le plus grave, il n'y a pas d'autre avenir pour Machiavel que celui – car c'est ainsi que se clôt ce livre infâme – où l'on verra les soldats sans cesse équipés de meilleures armes et mieux entraînés à devenir de parfaits instruments de mort. Je trouve tout cela répugnant ! Une seule chose me surprend : son propre étonnement, quand ceux qu'il avait rendus si avisés le chassèrent de leur table. Ne leur avait-il pas conseillé de se défier des hommes de sa trempe ?

Il se tut, et reprit plus doucement :

– Mais je ne voudrais pas me disputer avec vous. Ce lieu est splendide, nous ne devrions point gâcher notre bonne humeur.

– Comment cela ? protesta la contessa. Une dispute passionnée me met au contraire de la meilleure humeur ! Surtout avec des jeunes gens : ils sont si émouvants, si innocents ! Votre emportement, la belle naïveté de votre assurance me bouleversent toujours. Mais prenez garde, jeune homme : trop de naïveté n'est plus vertu, mais pure sottise. Et vous aussi vous apprendrez, si vous voulez imposer vos admirables idées, à recourir aux moyens nécessaires.

– Les trouverai-je chez votre Machiavel ? Assurément pas. Des moyens indignes ruinent la fin.

– Je préfère voir la fin ruinée, plutôt que vous et vos belles idées ! Si Savonarola avait eu le pouvoir de se battre, son affaire eut tourné tout autrement.

– Qu'en dites-vous ? demanda Étienne à Michel.

– J'ai bien peur que notre hôtesse n'ait raison. Il est facile d'obéir à la morale en pensée ou en parole. Mais qu'arrive-t-il si l'on veut douer ses idées de réalité ? Il faut agir, donc se battre. Et comment agirez-vous ? Je peux d'ores et déjà vous le dire. Vous me répondrez qu'il s'agit là de violence ultime – c'est ce qu'ils disent tous –, pourtant vous aussi légitimerez le meurtre et l'assassinat : frapper une dernière fois, mais fermement. Et vous justifierez cet ultime recours à la force : la clémence, direz-vous, ne peut éteindre la violence, et seule la violence peut venir à bout de la violence.

– Alors, la tuerie ne cessera jamais ?

– Je l'ignore. En tout cas, je ne vois aucun signe annonciateur de sa fin. Et je crains qu'il ne suffise jamais de se soustraire à la tyrannie pour l'abattre. Il faut commencer par l'anéantir.

– C'est vous qui parlez ainsi ? Un médecin ? Vous dont la tâche est de soigner les hommes ! Comment cela s'accorde-t-il ? Que feriez-vous au chevet d'un tyran, sachant parfaitement comment le guérir, certain aussi qu'il mourrait sans vos soins ?

161

– C'est aussi, comme souvent, affaire de grand ou de petit nombre. Ai-je le droit de sauver un homme si je sais qu'ayant recouvré ses forces il causera un mal infini à ses semblables ?

– Mais peut-être aussi un bien, glissa la contessa, s'il est purifié par sa maladie. Qui peut savoir à l'avance ? Oseriez-vous toujours en décider ?

– Hippocrate, à qui le roi des Perses avait offert les fonctions les plus hautes et de précieux cadeaux pour qu'il consentît à le soigner, répondit que sa conscience lui interdisait de guérir des Barbares dont l'unique souci était de tuer des Grecs. Il ne pouvait exercer son art au profit d'un homme qui s'apprêtait à écraser son pays. Il l'a lui-même rapporté dans son traité *De l'air, de l'eau et de la terre*. Je pense que la décision d'Hippocrate était avisée et courageuse. J'ai soigné un jour un inquisiteur. Il a remercié le Seigneur de l'avoir sauvé, et, pour Lui plaire, il a envoyé une charretée de malheureux sur le bûcher. S'il avait succombé à ses souffrances, un seul homme serait mort. De toute évidence, j'ai mal agi.

– Le grand et le petit nombre ? Ce serait tout ? Tout serait affaire de circonstances ?

Michel secoua la tête.

– Non, dit-il. Je nourris un rêve : appelez-le paradis, jardin d'Éden, île merveilleuse, Élysée, Cythère ou Arcadie... Dans chaque récit de la création du monde, de quelque religion soit-il issu, sont décrits ces jardins merveilleux où les hommes vivent délivrés du malheur et s'aiment, dans la béatitude. Nul ne cherche à y tromper l'autre ni à abuser de lui, chacun est heureux car aucun ne vit aux dépens d'autrui. Je n'abandonne pas ce rêve. Je ne verrai

162

certainement jamais ce jardin, mais il a dû exister, un jour ancien. Et je suis certain qu'il existera, un jour lointain. Cette idée me rassure, me console et me donne l'espoir que toutes nos peines et nos souffrances ne sont pas vaines.

Le serviteur apporta une collation. La conversation dura encore longtemps. Enfin Michel porta la contessa jusqu'à son lit. Elle avait passé ses bras décharnés autour de son cou et se blottissait contre lui.

— Vous sentez bon, disait-elle en le câlinant. Est-ce que je vous donne la chair de poule ? J'ai encore tant de désir ! N'est-ce pas folie ? Le serviteur que vous avez vu était autrefois mon jardinier.

Elle gloussa.

— Et maintenant, il me comble. Pssst ! Si on l'apprenait, on me croirait folle ! Pourtant, Michel, je jouis encore de chaque journée. Bien sûr, ce garçon espère un legs substantiel. Cela m'est bien égal ! Il aura tout. Trouvez-vous que ce soit mal ?

— Non, répondit Michel en riant. Je trouve cela très sage.

V

ANNE

La soirée était déjà bien avancée quand Michel parvint à Salon-de-Craux. Les rues étaient désertes. Il demanda au veilleur de nuit où se trouvait la maison du maire et fut conduit jusqu'à sa porte. Ce fut Jean, le serviteur de Scaglier, qui lui ouvrit. Ému, Michel lui donna l'accolade.

– Tu es ici ?

– Avec les livres, monsieur.

– Ah ! les livres...

– J'ai suivi la volonté de mon maître et vous ai attendu pendant que vous étiez sur les routes. J'ai veillé à ce que personne ne trouve ces ouvrages.

– Sont-ils toujours chez mon frère ?

– Dans la cave, sous clé.

– Ton séjour ici n'a-t-il pas été trop désagréable ? Loin de ton maître ?

– Non. Votre frère est le plus estimable des hommes.

– Où est-il ? Sont-ils déjà tous endormis ?

– On se couche tôt, ici, répondit Jean en le faisant entrer.

Paul s'était levé.

Les deux frères, assis au coin du feu, partagèrent le vin. La table était garnie de jambon, de pain et de fromage, que Michel attaqua de bon cœur.

— Je me réjouis que tu sois venu si vite, dit Paul.

Michel avala une petite gorgée de vin.

— Voilà si longtemps, Paul, que nous ne nous étions revus ! Quatorze ans...

— Tu dois être fatigué... Je t'accompagnerai à l'hôpital, demain, de bon matin. Fais-moi savoir tout ce dont tu as besoin, et je te le procurerai. La peste a déjà tué cinq cents citadins, et c'est pis de jour en jour.

— Et la guerre civile ? Compte-t-on beaucoup de victimes, ici aussi ?

— La racaille calviniste et luthérienne a causé bien des maux ! Il a fallu la pourchasser sans pitié. Cette vermine doit être exterminée, par le fer et le feu !

Michel n'en croyait pas ses oreilles.

— Mais tu es un fanatique !

— Non, Michel ! Je suis un catholique fervent qui ne fait que défendre sa religion.

— Tu es juif, Paul ! Et tu sais ce que c'est que d'être persécuté et tué à cause de sa foi !

Furieux, Paul saisit son frère par le col.

— Ne dis pas cela ! Ne répète jamais cela !

Michel se dégagea.

— Si cela se savait, tu ne resterais pas maire un jour de plus, n'est-ce pas ? Est-ce ce qui te rend si intolérant ?

À cet instant, Hélène, l'épouse de Paul, entra, enveloppée dans une robe de chambre. C'était une jolie femme, aux formes sensuelles, mais sans doute fatiguée par la vie : un pli dur marquait le coin de sa bouche et une ride creusait la racine de

166

son nez. Rayonnante, elle serra Michel dans ses bras.

— Sois le bienvenu à Salon, beau-frère !

— Voilà que je vous ai tous réveillés !

Hélène retint ses mains dans les siennes.

— Je suis heureuse de te voir ! Il faudra tout nous raconter, toi qui es allé partout. Et moi qui ne suis jamais sortie de Salon !

— Ce n'est pas vrai, dit Paul.

— Certes, je suis allée une fois à Montpellier. Et une fois à Aix. Mais c'est tout ce que je connais du monde, à part ce que j'ai pu lire. J'aime tant lire !

Avec un rire, elle ajouta, un peu confuse :

— Parfois aussi, j'écris, pour moi seule. Mais Paul ne voit pas cela d'un très bon œil.

— Cela non plus n'est pas vrai !

— Si fait ! Tu n'aimes guère que ta femme lise et écrive !

Posant sa main sur le bras de Michel, elle continua :

— Cela lui semble extravagant ! L'homme travaille et fait la guerre, la femme reste aux fourneaux : voilà l'ordre du monde tel qu'il le voit !

— Vraiment, tu exagères ! Je t'ai même offert des livres !

— Oui, une fois, voilà dix ans... et tu l'as amèrement regretté.

Prenant Michel par le bras, elle poursuivit, sur le ton de la confidence :

— Mais avec quelques femmes de la ville, nous nous réunissons en secret, pour lire et nous raconter nos lectures. Comment en parlerions-nous à nos maris ?

Paul se leva.

— Cesse d'ennuyer Michel avec ton babillage. Il est fatigué. Montre-lui plutôt sa chambre.

— Est-ce que je dors chez vous ?

— Que tu es drôle ! Bien sûr ! Où dormirais-tu ? Tu resteras ici tant qu'il te plaira.

Hélène conduisit Michel à sa chambre et alluma quelques bougies.

— As-tu besoin de quelque chose ? s'enquit-elle.

— Non, merci. Vous êtes trop généreux.

— Il faudra me raconter tes voyages, mais seulement si tu le veux bien.

— J'aime bien raconter.

— Notre mariage est heureux. Ne pense pas, parce que nous nous sommes disputés...

Elle se mit à rire et reprit :

— Nous nous chamaillons sans cesse. N'as-tu vraiment besoin de rien ? Alors, bonne nuit.

À la porte, elle se retourna et murmura, en caressant le bois :

— Je t'imaginais tout autrement, après ce que ton frère m'avait raconté.

— Comment cela ? Que t'a-t-il dit ?

— Ah ! je ne sais pas...

— Et à présent, es-tu déçue ?

Hélène se contenta de sourire.

— Bonne nuit !

Quand elle eut refermé doucement la porte, Michel s'allongea pour se reposer quelques instants, avant de défaire son bagage. Mais il s'endormit instantanément. Hélène, revenue dans la chambre, s'approcha de lui et le contempla longuement. Puis elle le couvrit et souffla les bougies.

Le lendemain matin, en compagnie de son frère, Michel visita l'hôpital. Comme partout ailleurs, les malades étaient couchés à même le sol, dans leurs immondices, et personne ne s'occupait d'eux. Le lieu était humide, sombre et sale. Michel ne tarda pas à se prononcer : il ne pourrait sauver tous ces gens, mais nombre pourraient en réchapper. Paul tenait devant son visage un mouchoir parfumé, que son frère lui avait donné pour l'aider à supporter l'atroce puanteur.

– Alors ? Qu'en dis-tu ?

– C'est la peste, sans aucun doute. Qu'a-t-on fait jusqu'ici ?

– Rien. Le médecin est mort et aucun autre n'a souhaité le remplacer.

Une fois dans la rue, Michel dicta :

– Il faut raser cette maison, tout brûler. Il nous faut un bâtiment aéré et ensoleillé. Du linge propre, de l'eau limpide pour tout nettoyer. Et j'aurai besoin d'aides.

– Combien ?

– Au moins dix. Je veux voir chaque habitant de cette ville, combattre la maladie avant qu'elle ne se répande partout. Chacun recevra des remèdes pour se protéger. J'éduquerai les aides. Il nous faudra concocter les médicaments, j'aurai donc besoin de salles, dont une où je puisse recevoir les malades.

– Tu veux donc nous aider ?

– N'est-ce pas pour cela que je suis ici ?

– Que Dieu te bénisse ! Tu auras tout cela, promit Paul en étreignant son frère.

Paul s'occupa de tout avec un zèle touchant. Il réquisitionna des salles et une maison pour abriter les malades, et le vieil hôpital fut rasé dès le lendemain. Michel était impressionné par le calme et l'efficacité de son frère. Il passait ses journées à visiter les malades, à l'hôpital ou au laboratoire, ayant obtenu autant d'aides qu'il le souhaitait. Hélène était du nombre. Paul avait d'abord refusé qu'elle se joignît aux autres, mais avait dû reconnaître qu'elle ne serait pas de trop.

Un soir, alors qu'elle pilait des herbes séchées dans le laboratoire, tandis que d'autres femmes remuaient la pâte et fabriquaient les pilules, Michel apparut accompagné de quelques hommes apportant des roses, qu'elles commencèrent sans tarder à effeuiller, jetant les pétales dans un grand tamis suspendu au-dessus du feu. S'essuyant les mains sur son tablier, elle le rejoignit en courant. Michel traversait déjà la cour en direction du pavillon des malades, comme chaque jour à cette heure – malades qui, il le savait, l'attendaient avec impatience, et dont il ne voulait pas trahir la confiance, si importante pour leur guérison, en arrivant en retard. Hélène descendit l'escalier et l'appela. Michel se retourna.

– J'ai pensé, dit-elle, que si nous employons quelques personnes de plus, nous pourrons fabriquer des pilules pour tous les environs et en fournir jusqu'à Aix. Ainsi, nous soignerons d'autres malades. Peut-être même gagnerons-nous assez d'argent pour payer convenablement les gens qui travaillent avec nous. On ne pourra plus compter très longtemps sur la charité. Leur conscience finira par s'assoupir... Et puis, quand tous seront guéris... pourquoi ne fabriquerions-nous pas des parfums ? Qu'en dis-tu ?

– C'est une bonne idée. Nous en parlerons ce soir, assura Michel en repartant vers l'hôpital.

– Michel ?

– Oui ?

– Je suis très heureuse que tu sois ici.

– Pourquoi ? demanda-t-il avec un rire embarrassé.

– Tu... tu donnes un sens à ma vie. Et à celle des autres aussi, ceux qui travaillent avec nous. Tous le disent.

Elle rebroussa chemin à pas lents, sans le quitter des yeux. Les bras dans le dos, elle était plongée dans ses pensées, souriant sans s'en rendre compte. Subitement, elle courut vers Michel et l'embrassa.

– Tu ne le sais donc pas ? Nous t'aimons tous, ici ! dit-elle avant de lui planter un baiser sur la bouche et, en un clin d'œil, de disparaître dans le laboratoire.

Michel en resta pantois. Reprenant ses esprits, il se hâta de rejoindre ses malades.

La salle était baignée de lumière, les fenêtres grandes ouvertes. Des aides lavaient les patients cloués au lit, les femmes s'occupant des femmes, et les hommes des hommes. Quelques malades priaient. Michel s'assit à côté d'une vieille femme qui égrenait un chapelet. Lui ayant tâté le pouls, il arbora une mine satisfaite.

– Ne craignez-vous donc jamais d'être contaminé ? lui demanda-t-elle.

Michel lui caressait les cheveux.

– Non.

– Je prie pour vous chaque jour.

– Merci, dit Michel simplement, et il s'approcha du lit voisin.

Ce soir-là, de nombreux patients l'attendaient. Il les salua et se rendit immédiatement dans la salle

171

attenante, réservée aux examens. Il s'assit à sa table. La religieuse qui l'assistait lui tendit un verre de jus de sureau. Il avala la boisson d'un trait et lui demanda d'appeler la première patiente.

C'était une femme d'une trentaine d'années, d'une beauté chaste et singulière. Très svelte, grande, ses cheveux bruns sévèrement tirés en arrière. Elle portait une robe de brocart rose richement brodée d'or, qui faisait paraître plus pâle encore son teint et plus noirs ses yeux.

Michel ne put réprimer un bâillement de fatigue.

— Pardonnez-moi, madame, je n'ai pas dormi depuis deux nuits.

L'invitant à s'asseoir en face de lui, il trempa sa plume dans l'encrier et commença :

— Je dois d'abord vous poser quelques questions. Quel est votre nom ?

— Anne Gemelle.

Michel écrivit.

— Quel âge avez-vous ?

— Vingt-sept ans.

— Bien. Maintenant, je vais vous examiner, lui dit-il en désignant le paravent. Je vous prie de vous déshabiller.

— Entièrement ?

— S'il vous plaît.

Tandis qu'elle obéissait, Michel, le front appuyé sur ses mains jointes, lui demanda :

— Êtes-vous mariée ?

— Veuve.

Il releva la tête, surpris : elle était encore jeune. Il poursuivit :

— Avez-vous des enfants ?

— Non.

– Avec qui vivez-vous ?

Anne lui lança un regard étonné.

– Rassurez-vous, reprit-il, je cherche simplement à éviter les risques de contagion.

– Questionnez donc. Je vis seule, avec une cuisinière, une femme de chambre et un cocher.

– Trois personnes... Vous leur direz de me rendre visite, s'il vous plaît.

– Ils attendent à côté.

– Très bien.

Anne contourna le paravent. Elle ne portait plus qu'une courte chemise de soie.

Michel la rejoignit

– Tournez-vous, je vous prie.

La religieuse, qui, par discrétion, s'était tenue à l'écart, repoussa un peu le paravent. Michel, échaudé par les sottises des commères d'Agen, l'avait priée d'assister à chaque consultation. Il ne consacrerait plus un instant à ces désœuvrées, ces curieuses venues aguicher le nouveau médecin. Michel tapota le dos de la jeune femme, palpa sa colonne vertébrale et examina ses vaisseaux lymphatiques. Puis il fit signe à la religieuse et, s'adressant à Anne :

– Voudriez-vous vous retourner ?

Anne lui fit face. La religieuse déploya aussitôt devant elle un drap qui cachait son pubis et ses seins. Pieds nus, Anne Gemelle était aussi grande que lui. Ils se regardèrent dans les yeux, Michel avec un intérêt tout médical, Anne avec curiosité et amusée par son sérieux. Il tapota son cou, examina sa bouche, son nez, ses oreilles, palpa ses aisselles, ses seins, puis, après avoir émis une petite toux pour l'avertir, par décence, posa sa main sur l'aine de la jeune femme. Il la sentit tressaillir.

173

– Vous pouvez remettre vos vêtements, dit-il, satisfait.

Tandis qu'elle se rhabillait, Michel se lava soigneusement les mains dans une cuvette remplie d'eau, que la religieuse renouvela aussitôt.

– Vous vous portez comme un charme. Par précaution, je vais vous donner quelques gouttes, que vous prendrez avant chaque repas, trente chaque fois. Elles fortifieront les défenses de votre corps.

Dans l'armoire, la religieuse prit une fiole qu'elle posa sur la table. Michel s'était remis à écrire en se frottant les yeux.

– Vous devriez dormir un peu, lança Anne, derrière le paravent.

– Quand j'aurai tout terminé, je dormirai.

– Combien de temps faudra-t-il pour chasser la peste ?

– Je l'ignore.

Il se tourna vers la religieuse.

– Sont-ils encore nombreux ?

– Une trentaine.

– Trente ! Nous en avons pourtant examiné près de huit cents ! Combien d'habitants compte donc cette ville ?

Anne réapparut, rattachant ses cheveux.

– J'aimerais vous aider, déclara-t-elle.

– Pourquoi pas ? Que savez-vous faire ?

– Rien... Je peux donc tout apprendre ! ajouta-t-elle gaiement.

– Allez voir Hélène, ma belle-sœur, la femme du maire...

– Je la connais.

– Elle vous dira ce que vous pouvez faire. Merci. Toute aide est la bienvenue, dit-il en lui souriant.

À minuit seulement, Michel achevait sa dernière consultation et s'effondrait sur son lit, épuisé.

Au matin, un panier au bras, Anne vint frapper à la porte du cabinet. Comme elle n'obtenait pas de réponse, elle entra et observa avec curiosité. Elle venait de poser son panier sur la table lorsqu'elle entendit un bruit. Se dirigeant vers la porte ouverte du réduit attenant, elle vit Michel, de dos, entièrement nu. Au plafond était fixé un tonneau, d'où pendait une ficelle. Michel la tira, ouvrant ainsi un petit clapet d'où jaillit l'eau. Anne le regarda quelques instants, puis, discrètement, revint sur ses pas.

Michel, enveloppé dans une grande serviette, avait regagné sa table. Soulevant le couvercle du panier, il découvrit un poulet rôti, du vin, des fruits. Et personne dans la salle d'attente ! Affamé, il ne refusa pas de faire honneur aux victuailles.

Le lendemain, en traversant la cour de l'hôpital, Michel vit deux aides porter un mort sur une civière. Il se signa en montant prestement l'escalier.

Anne était au chevet d'une femme, essuyant soigneusement le front de celle-ci avec un mouchoir imbibé de vinaigre. Il la rejoignit.

— Vous disiez que vous ne saviez rien faire, mais vous savez très bien !

— Ne vous moquez pas de moi !

— Mais non, je vous assure. Je suis content de vous voir ici.

Soudain, par la fenêtre, il aperçut des flammes. Se ruant dans la cour, il arrêta d'un cri les aides qui s'apprêtaient à jeter le cadavre dans le feu.

– Qui vous a dit de brûler les morts ici ? hurla-t-il. Je vous interdis de le faire ! Ne vous l'ai-je pas dit cent fois ? Ne brûlez pas les morts ici ! Tous les malades peuvent apercevoir le feu et sentir la puanteur. Comment voulez-vous qu'ils guérissent dans cette odeur de mort ? Vous moquez-vous ?

– Non !

– Alors pourquoi faites-vous cela ? Vous savez que je ne le veux pas. Les morts doivent être brûlés aux portes de la ville.

Michel, se calmant, posa ses mains sur les épaules des deux hommes, plantés devant lui avec des mines de chiens battus.

– Pardonnez-moi. Je deviens irritable. Je vous remercie de votre aide. Comprenez-vous qu'il n'est vraiment pas bénéfique pour les malades de voir un tel spectacle ?

Ils acquiescèrent.

– Bien, dit Michel en regagnant l'hôpital.

Au dîner, il s'endormit sur sa chaise.

– Sa façon de presser chacun de se montrer secourable est prodigieuse, dit Hélène.

– Il doit avoir bien des péchés à racheter...

– Paul, tu es injuste.

– À moins qu'il ne veuille devenir un saint !

– Mais il en est un ! Vois tous ceux à qui il a rendu la santé.

Et, posant une main sur l'épaule du dormeur :

– Michel ! Michel !

– Oui ? Qu'est-ce ?... Oh ! je me suis endormi... Pardonnez-moi. Le repas était délicieux, merci.

– Mais tu n'as presque rien mangé !

– Je mangerai plus tard.

Il se leva.

– Tu pars ?

– Je vais passer un petit moment au laboratoire.

Comme il sortait de la pièce, Hélène lui emboîta le pas.

– Je viens avec toi.

Paul secoua la tête et continua de manger, seul.

– Michel, attends !

Ils se trouvaient maintenant sous un auvent, à l'abri d'un saule.

– Michel... Je voulais seulement te dire... Hier, j'ai... J'étais un peu... Je ne sais pas...

Michel effleura son visage.

– Tu n'es pas obligée de me parler, Hélène.

– Mais je voudrais te dire que je... j'ai... Je suis... Michel... Je t'en prie, ne me force pas à mendier ainsi !

Dans un murmure, elle ajouta :

– Je ferai tout ce que tu voudras.

Michel l'enlaça, couvrit de baisers ses seins, sa bouche, sa nuque, balbutiant :

– Je n'ai pas vu de femme depuis... Hélène, je...

– Tais-toi donc.

Elle se blottit contre lui, câline. Michel promena sa langue sur son visage, ses oreilles, ses narines, et, la serrant de toutes ses forces, il la souleva de terre. Adossée au mur, elle releva sa jupe, nouant ses jambes autour de lui, ses bras autour de son cou, sans cesser de murmurer son nom.

Mais, brusquement, il se dégagea.

– Je ne puis faire cela ! Paul est mon frère. Ce n'est pas possible !

Et il traversa la rue en courant. Hélène le suivit des yeux, déçue, profondément blessée. Enfin, elle rajusta ses vêtements et renoua ses cheveux.

Devant le laboratoire, Michel s'arrêta pour reprendre son souffle. Il ne savait que faire. Grands dieux ! dans quel guêpier s'était-il fourré. Il eût souhaité disparaître sur-le-champ, mais il ne pouvait abandonner les malades. Or, comment regarder Hélène en face, à présent ? Et Paul ? Il devait lui parler, s'expliquer. Elle le comprendrait, sans doute. Il importait surtout qu'elle oublie ce qui s'était produit.

S'ébrouant, il se décida à regagner le laboratoire. Quelques femmes s'y activaient encore. Anne, debout devant la grosse marmite, remuait la pâte avec une cuiller en bois. Elle lui lança un bref coup d'œil avant de s'absorber à nouveau dans sa tâche. Michel la contempla un moment, songeur, puis se joignit aux femmes qui, à la grande table, préparaient des pilules. Anne l'observait.

— Nous en aurons bientôt fini, annonça-t-il. Ceux qui vivent encore ne seront pas atteints. Il n'y a plus de nouveau foyer de peste.

— Sans vous, nous serions tous morts aujourd'hui, dit une des femmes.

Michel haussa les épaules.

— C'est vrai, ajouta une autre. Vous êtes toujours si modeste. Faites un souhait, nous l'exaucerons, quel qu'il soit ! Nous savons ce que nous vous devons.

— Et maintenant, rentrez chez vous, conseilla une troisième. Reposez-vous. Vous êtes épuisé. Dormez ! Sinon, vous finirez par perdre connaissance. Nous y arriverons bien toutes seules.

Le lendemain, tandis que Michel examinait un citadin, Anne fit irruption dans la pièce.

– Vous êtes toute pâle ! s'écria-t-il.

Et, se tournant vers l'homme :

– Vous pouvez vous rhabiller. Vous êtes en bonne santé. Dites à votre femme de venir me voir.

Il se lava les mains et revint vers Anne.

– Vous ne dormez pas assez, mais je crois que nous en aurons bientôt terminé. Nos efforts n'ont pas été vains.

Anne hocha la tête. À voix basse, elle dit :

– Je suis malade.

Michel lui prit le pouls, étudia très attentivement ses yeux, sa bouche.

– Vous n'êtes pas malade, vous êtes à bout de forces. Il vous faut dormir aussitôt. Toutes ces nuits à travailler...

– Tout me fait mal. Mon corps, mon âme... Maintenant seulement, je sais ce qu'est la douleur, et j'ignore comment l'apprivoiser. Voilà neuf ans que je suis veuve, mais le temps, je m'en rends compte à présent... – je ne l'aurais jamais cru – apaise toutes les blessures. Je suis malade... parce que je ne vous ai pas vu pendant deux jours.

Michel était incapable de proférer une parole.

– Guérissez-moi, je vous en prie !

Elle lui tendit les bras dans un geste plein de désir et tomba, évanouie. Michel la releva, l'étendit sur un fauteuil et défit le col de sa robe. Il lui fit respirer des sels, lui tapota doucement les joues. La religieuse glissa un coussin sous ses jambes. Anne finit par revenir à elle.

– Vous sentez-vous mieux ?

– Un peu étourdie, dit-elle en se redressant.

– Alors, reposez-vous encore.

Anne acquiesça, et cependant se leva.

– Oubliez ce que je vous ai dit.

– Comment pourrais-je l'oublier ?

– Je vous en prie... Ce ne sont que des sottises, une exaltation causée par le manque de sommeil, par tous ces malades et ces morts. Un tel spectacle troublerait la raison la plus pure. Pardonnez-moi. J'ai à faire. Pardonnez-moi, répéta-t-elle en quittant précipitamment la pièce.

Michel la suivit du regard, tandis que la religieuse lui demandait s'il fallait faire entrer le prochain patient.

– Oui, oui..., dit Michel, distraitement.

Un homme d'âge mûr se présenta alors, que la sœur invita à s'asseoir. Michel saisit sa plume, et, sans même lever les yeux, demanda à l'homme :

– Quel est votre nom ?

– Robert Serault.

Mais il n'écrivit rien.

– Quel âge avez-vous ?

– Cinquante-sept ans.

– Êtes-vous marié ?

Et, sans attendre la réponse :

– Je vais vous examiner. Ôtez vos vêtements, s'il vous plaît.

La religieuse avançait le paravent. Brusquement, Michel se leva.

– Pardonnez-moi.

Il était déjà dehors.

Anne, devant la presse, broyait des feuilles d'hibiscus. Hélène surveillait la cuisson de la pâte de roses. Michel entra à la volée dans le laboratoire et se précipita vers Anne, sans même remarquer que sa belle-sœur l'apostrophait.

– Madame..., commença-t-il.

Mais déjà Anne s'était enfuie. Michel la poursuivit. Hélène s'était postée devant la fenêtre.

Anne avait traversé la rue et s'était engouffrée dans une maison. La ville avait retrouvé son animation, la foule des badauds, des portefaix, les charrettes, les cris des marchands, les chalands. Michel regardait autour de lui, désespéré. Il hélait les passants :

– Où demeure Mme Gemelle ? Savez-vous où demeure Mme Gemelle ?

– Là, en face, dans la maison blanche, lui répondit enfin une femme, joignant le geste à la parole.

Michel traversa la rue d'un bond. Hélène au seuil du laboratoire, le vit marteler impatiemment la porte. Une servante lui ouvrit.

– Je souhaite voir Mme Gemelle. Mon nom est...

– Je sais bien qui vous êtes, monsieur. Mais Madame n'est pas ici.

– Et moi, je sais qu'elle y est ! répliqua Michel, tentant d'entrer dans le vestibule.

– Je suis au regret, monsieur...

– Anne ! cria-t-il.

La servante tenta de refermer la porte, mais Michel l'écarta et se rua à l'intérieur. Dans l'escalier, il se jeta à la poursuite d'Anne, qui disparut dans un couloir.

– Anne, arrêtez-vous, je vous en prie ! Attendez !

Pénétrant dans sa chambre, elle claqua la porte derrière elle, résistant de toutes ses forces aux poussées de Michel, arc-bouté de l'autre côté du panneau.

– Partez ! s'écria-t-elle. Je vous en supplie !

La porte finit par céder et Michel entra. Anne se tenait devant lui, hors d'haleine, échevelée. Elle recula lentement jusqu'à la fenêtre, tremblant de tous ses membres, et tira devant elle le grand rideau. Michel le lui arracha des mains. Ils se faisaient face, les yeux dans les yeux. Dans un même élan, ils s'enlacèrent. La servante, venue à la rescousse, les vit s'aimer sous la fenêtre et referma doucement la porte.

Ils se marièrent deux jours plus tard. Paul et Hélène furent leurs témoins. Celle-ci, tout de noir vêtue, félicita Anne et l'embrassa. S'approchant de Michel, elle lui souffla à l'oreille :

– Sois maudit !

Toute une foule attendait sur le parvis pour congratuler le médecin et la nouvelle épousée. Lorsque la noce sortit de l'église, un homme s'approcha des mariés, une Bible à la main.

– Acceptez ce présent, monsieur. C'est une Bible.

– Merci.

Michel feuilleta le livre.

– Mais elle est traduite en français ! s'exclama-t-il.

L'homme sourit.

– La parole divine n'est-elle pas destinée à être lue en toute langue et par chacun ? Ou seuls les moines, les prêtres et le pape auraient-ils le droit d'entendre ce que Dieu veut nous dire ?

– Mais c'est une hérésie !

– Oui, au dire de l'Église catholique. Mais est-ce une hérésie que de répandre la parole du Seigneur ? Nous voulons que chacun puisse la lire et la comprendre ! Nous voulons une Église fidèle au seul Verbe divin, qui ne soit ni corrompue ni criminelle. Si c'est là une hérésie, oui, je suis un hérétique, convaincu et fier de l'être, car je ne fais que servir la parole de Dieu !

– Vous êtes... un luthérien !

– Je suis un homme de Dieu. Nous bâtissons une nouvelle Église, débarrassée des idoles. Nous bâtissons un monde nouveau.

– Je ne veux rien entendre de cela ! Pas maintenant, pas en ce jour. Je vous en prie, laissez-moi en paix.

Les citadins rassemblés sur le parvis, qui une minute plus tôt acclamaient leur médecin, envahirent alors la chapelle, arrachant les images pieuses qui ornaient l'autel, brisant les statues à coups de masse, emportant toutes les parures dans la rue pour les y brûler. Ils piétinèrent les reliques, descellèrent les brillants, les rubis, les émeraudes. Le sanctuaire fut entièrement pillé. Des femmes se disputaient des étoffes de brocart. Un homme sortit de l'église avec une statuette en porcelaine de la Sainte Vierge et, la brandissant au-dessus de sa tête, la jeta sur le pavé, sur lequel elle se fracassa en mille morceaux. On lançait des pierres sur les vitraux.

Les yeux de l'homme qui avait offert la Bible à Michel brillaient d'une lueur fanatique. Il saisit le médecin par le bras.

– Qui veut construire un nouveau monde doit détruire l'ancien ! hurla-t-il.

L'église flambait, dégorgeant les derniers iconoclastes. Michel leva les yeux au ciel, soudain envahi de nuées obscures. Il avança sur la chaussée, déserte. Seuls trois petits enfants étaient restés là, leurs grands yeux fixés sur lui. Des gouttes tombèrent, couleur d'encre ; bientôt une pluie noire s'abattit sur les enfants, répandant une odeur de soufre.

En face, une fumée épaisse, noirâtre, s'échappait des cheminées d'une fabrique. Tout était recouvert d'une suie grasse. Des enseignes lumineuses clignotaient dans le brouillard toxique. Une sirène, une lumière bleue : un camion de pompiers et une ambulance passèrent en trombe. Une vapeur malodorante sortait des égouts. La rue était jonchée de sacs usagés.

– Michel ! Que t'arrive-t-il ? s'inquiéta Anne.

Elle dut le secouer.

– Michel !

– Qu'y a-t-il ?

– Michel ! C'est moi, Anne ! Ta femme.

– Anne... Rien... Je ne sais pas. Rentrons ! Le cuisinier va nous maudire, si tout est brûlé.

– Est-ce que tout va bien ? demanda Anne, alarmée. Tu m'as fait une peur terrible. On aurait dit que tu voyais des choses épouvantables.

– Ce n'est que la fatigue, dit-il en posant un baiser sur sa joue. Partons.

Main dans la main, ils descendirent l'escalier, sous les vivats de la foule. Michel tenait toujours la Bible.

La fête dura jusque tard dans la nuit. À la fin, Michel avait retrouvé sa sérénité. Ces visions résultaient, sans doute, de son épuisement. Chaque fois qu'il venait à bout d'une épidémie, il était fourbu. Pourquoi faut-il toujours rêver de défaite, songea-t-il, alors qu'on a depuis longtemps remporté la victoire ? Absurde !

Michel, grisé, dansa longtemps avec Anne. Cette nuit-là, il s'endormit dans ses bras, heureux.

Un matin, Jean se présenta chez Anne. Il apportait dans une charrette les livres de Scaglier, abrités dans la cave de Paul depuis des années. Il avait amené quelques hommes pour l'aider à porter les caisses dans la maison et demanda à Michel où il devait les ranger.

– Voudrais-tu rester avec nous? J'en serais très heureux, proposa soudain celui-ci.

– Vous êtes très bon, monsieur. Hélas, j'ai écrit à mon maître pour lui demander la permission de revenir mourir près de lui.

– Je dois lui écrire, moi aussi. Lui expliquer pourquoi je suis demeuré muet depuis si longtemps.

– Il n'a pas besoin d'excuses: je lui ai rapporté que vous avez travaillé jour et nuit, durant des semaines. Je dois lui raconter chacun de vos faits et gestes... Et maintenant, où souhaitez-vous que l'on dépose ces caisses?

– Derrière, dans le jardin.

– Dans le jardin? répéta Jean, perplexe.

– Oui, dans le jardin. Je m'en occuperai plus tard.

Jean montra le chemin à ses compagnons et revint dire adieu à Michel. Les deux hommes s'embrassèrent.

– Tu ne veux pas les ouvrir? demanda Anne un peu plus tard, contemplant les caisses mystérieuses.

– Non.

– Mais elles ne peuvent pas rester là. Que contiennent-elles donc?

– Du vin, répondit-il en faisant sauter un des couvercles.

Plus tard, Michel fit ranger les bouteilles à la cave et empila les livres dans le jardin. Il en feuilleta quelques-uns, qu'il envoya rejoindre le tas. Alors, les arrosant d'huile, il y mit le feu. Les flammes répandaient une clarté singulière, surnaturelle. Aveuglée par leur lumière, Anne dut se protéger les yeux du revers de la main. Michel contempla le feu jusqu'à ce que tout fût réduit en cendres.

— Maintenant, je suis vraiment heureux, dit-il, lorsque les flammes privées d'aliment s'éteignirent.

— Pourquoi as-tu brûlé ces livres ?

— Je t'aime...

— Ce n'est pas une réponse ! dit Anne en riant.

Michel la prit dans ses bras.

— Mais si ! Je t'aime : je suis heureux et je désire passer toute ma vie avec toi, ici, à Salon, comme médecin. Et je veux avoir beaucoup d'enfants de toi. Je veux vivre comme tout le monde !

— Mais... que faire d'autre ?

— Rien. Je suis si content que tu existes !

— Mais en quoi ces livres ont-ils à voir avec cela ?

— Oublie les livres, Anne. Je t'aime. Le reste n'a aucune importance.

Elle fit une moue dubitative.

— Tu es étrange, Michel. As-tu fait de mauvais rêves cette nuit ?

— Non, Anne. Non, et voilà pourquoi je suis si joyeux. Prenons des chevaux, allons nous promener.

— Ne veux-tu pas travailler ?

— Si, mais plus tard. Pour l'heure, je voudrais me promener avec toi. Qui sait combien de belles journées nous aurons encore cette année ?

Ils sortirent de la ville, chevauchèrent à travers bois, prés et vallées, et s'arrêtèrent pour prendre une collation dans une petite auberge, près d'un lac. La nuit tombait lorsqu'ils revinrent en ville, mais Michel décida de faire un détour. Il mena son cheval jusqu'à l'église où ils s'étaient mariés, descendit et aida Anne à mettre pied à terre.

— Que veux-tu faire à l'église, à cette heure ?

— Je veux remercier Dieu d'avoir permis que nous nous rencontrions.

Enlacés, ils s'agenouillèrent devant l'autel pour prier et allumèrent deux cierges. Puis ils rejoignirent leurs bêtes.

— Rien ne nous séparera, ni personne. Entends-tu ?

— Que veux-tu dire ? s'enquit Anne en lui caressant la joue.

— Je t'aime, Anne. Tu m'as sauvé.

— Je t'ai sauvé ?

Elle rit et déclara :

— Voici qui fait plaisir à entendre, mais tu me sembles un peu exalté !

Il l'avait aidée à remonter à cheval et s'apprêtait à sauter en selle quand il entendit une voix qui l'appelait. C'était un homme, mais, dans l'ombre de l'église, Michel ne pouvait distinguer ses traits.

— Michel ! Nous avons à parler...

Michel franchit la porte de l'église.

— Je reviens aussitôt, promit-il à Anne.

Bientôt, il fut aussi près que possible de l'inconnu, mais celui-ci, recherchant toujours plus d'ombre, demeurait indécelable.

— Pourquoi as-tu brûlé les livres ? demanda-t-il en lui tapotant le front. Crois-tu te débarrasser si aisément d'eux ?

Puis, éclatant d'un rire clair :

— Tu les as tous dans la tête, insensé !

Anne l'appelait :

— Michel ? Que se passe-t-il ?

Soudain, son cheval se cabra, effrayé ; ses naseaux frémissaient, il hennissait, prêt à s'échapper. Anne le retint fermement par les rênes, lui murmurant des mots apaisants.

– Le monde te maudira d'avoir brûlé ces livres, dit l'homme.

– Laisse-moi en paix !

– Michel ! cria Anne. Avec qui parles-tu ?

Cette fois, son cheval était près de s'emballer. Elle sauta à terre, le caressa et souffla doucement dans ses naseaux afin de le calmer.

Michel fit mine de sortir, mais l'homme, le saisissant par le bras, l'obligea à revenir sur ses pas. C'est alors qu'il éleva un cierge devant son visage... Et Michel le reconnut, glacé d'épouvante : ce visage, c'était son propre visage ! Son double, qui riait.

– C'est moi, oui, toi-même ! Crois-tu pouvoir t'échapper ? Oublier si facilement la tâche qui t'a été confiée ? Elle t'a été imposée par Dieu.

Il saisit Michel au col et l'attira tout contre lui. Michel pouvait sentir le souffle de son double – son propre souffle.

– Tu commets un grand péché en bravant son commandement ! poursuivit l'autre, une main tendue vers le ciel.

D'une bourrade, il le fit rouler au pied du portail.

– Fais ton devoir ! Sinon, un grand malheur s'abattra sur toi !

Michel s'adossa à la porte, blême. Anne le rejoignit.

– Que se passe-t-il ? Tu es pâle et tu trembles. Qui était-ce ?

– Je suis maudit, Anne ! murmura-t-il en la prenant dans ses bras. Pardonne-moi !

Il éclata en sanglots.

– Pourquoi Dieu me punit-il ainsi?

Michel s'était retiré au grenier, dans la tour qui jouxtait la maison. Très pâle, assis sur un trépied de fer posé dans une cuve remplie d'eau, les pieds immergés, il attendait. À la lueur d'une bougie, d'un geste calme et minutieux, il prit une infime quantité de poudre rouge et ferma les yeux, laissant le poison fondre peu à peu sur sa langue. Prenant une baguette de coudrier, il la maintint alors entre ses deux mains au-dessus de l'eau. Et la baguette se brisa.

Dehors, Anne, l'oreille collée à la porte, l'entendit hurler « Non! Non! Non! », mais elle ne put rien distinguer par le trou de la serrure. Elle tenta d'ouvrir la porte, mais celle-ci était verrouillée. Et Michel ne répondait toujours pas à ses appels. Elle se mit à cogner sur le panneau de bois, de plus en plus violemment. Il finit enfin par ouvrir.

– Anne, je t'en supplie, laisse-moi seul! Ne t'inquiète pas. Laisse-moi.

Avant qu'elle eût pu dire un mot, il avait refermé la porte. Elle attendit un moment avant de s'éloigner.

Le lendemain, Michel descendit et la trouva dans la cuisine, en train de déjeuner. Éreinté, il s'assit en silence. Anne s'agenouilla devant lui, prit ses mains et les embrassa.

– Michel, que se passe-t-il? Pourquoi t'enfermes-tu dans le grenier? Qu'y fais-tu?

Sans répondre, il but d'un trait un verre de lait.

– Tu dois me le dire.

– Ne me demande rien.

– Je t'en prie, Michel, dis-moi comment je peux t'aider. Tu as besoin de mon aide, je le sais.

– Y a-t-il déjà des patients ?

– Je leur dirai de revenir demain.

– Non. Dis-leur que je suis prêt. Je dois juste changer de chemise, répliqua Michel en sortant.

– Tu ne me fais pas confiance ! dit Anne en le suivant.

– Je t'aime, Anne, supplia Michel en l'embrassant. J'ai besoin de toi. J'ai besoin de ton amour, de ta force, de ta sagesse. Mais ne me tourmente pas. Ne me pose pas de questions.

– J'ai peur, Michel.

– Moi aussi, j'ai peur.

Hélène était venue le consulter. Michel l'examinait, donnant de petits coups sur son dos nu. La religieuse attendait, prête à déployer son drap lorsque Hélène lui ferait face.

– Voilà longtemps que tu n'es venu chez nous, dit Hélène.

– Respire profondément, je te prie, et retiens l'air.

Elle obéit. Michel écoutait sa respiration.

– Pourquoi ne viens-tu plus nous voir ?

– Tourne-toi, s'il te plaît.

Les mains passées autour du cou de sa belle-sœur, lui maintenant le menton avec ses pouces, il observait attentivement sa gorge.

– Tu ne me réponds pas ?

Il prit une baguette de coudrier, regarda à quelle distance de son corps elle commençait à frémir. Puis il posa un œuf dans la main d'Hélène et répéta l'opération. Cette fois, il dut s'éloigner de quelque pas pour que l'instrument réagît.

– Tu devrais manger moins d'œufs et de viande, et davantage de légumes. Cette nourriture trop riche te gâte le sang. Hormis cela, tu te portes bien.

Il reposa la baguette sur la table avant de se laver les mains.

– Tu te laves les mains après m'avoir touchée, remarqua-t-elle, sarcastique.

– Je me lave les mains après chaque examen.

– Mais le dimanche et le soir, personne ne vient te consulter.

– Je suis fatigué, Hélène. Je passe mes jours à travailler.

– Tu sembles bien pâle, en effet.

Elle s'approcha de lui, effleura sa joue.

– Hélène, je t'en prie ! Non !

Elle hésita un instant.

– Pourrions-nous nous entretenir un instant, seuls ?

– Maintenant ?

– Oui, maintenant.

– Mais... mes patients...

– S'il te plaît.

La religieuse sortit.

– Je dors mal, depuis quelque temps, lui dit-elle.

– Tu devrais t'assurer que ta chambre n'est pas située au-dessus d'une nappe d'eau souterraine. Je le ferai, si tu veux. Tu devrais changer ton lit de place.

– Je me promène souvent, la nuit. Je passe toujours près de la maison où tu demeures désormais. Chaque nuit je vois de la lumière, dans la tour. Hier matin, jusqu'à trois heures.

– Et que pense ton mari de tes flâneries nocturnes ?

– Que fais-tu dans cette tour, Michel ?

– Je lis.

– Toi et moi sommes les seuls à veiller si tard. Parfois, je reste un long moment, les yeux levés vers la fenêtre. J'aimerais tant savoir ce que tu fais.

– Je lis ! Mais le plus souvent, ajouta-t-il en riant, je m'endors, et la bougie continue de brûler !

Il lui prit le bras pour la reconduire, bien décidé à mettre un terme à cet entretien.

– Chercherais-tu à te débarrasser de moi ?

– Salue Paul de ma part. Nous vous visiterons bientôt.

Des larmes montaient aux yeux d'Hélène.

– Parfois, je souhaite que la peste revienne ! Alors, nous travaillerions de nouveau ensemble. Te souviens-tu, quand la peste sévissait encore, nous avions imaginé qu'une fois l'épidémie vaincue, nous ne ferions plus que de belles choses, du parfum, des fards, des élixirs, que nous aurions vendus dans tout le pays. Te souviens-tu ?

– Oui.

– Qu'attendons-nous ?

– Je n'en ai vraiment pas le temps. Mais pourquoi ne le fais-tu pas ?

Hélène planta ses yeux dans les siens.

– Tu m'as fait sortir de ma cuisine, Michel. Maintenant, tu ne peux plus m'y renvoyer.

– Tu n'écris plus ?

– Je n'en ai plus le goût.

– Autrefois, tu écrivais sans cesse. N'y trouves-tu donc plus de joie ?

– Comment écrirais-je ? Je ne suis plus moi-même. Quelqu'un s'est installé ici et me dévore, dit-elle en montrant son cœur.

Elle ajouta après un instant :

— Tu me dévores.

Michel la prit dans ses bras.

— Hélène, Anne et moi sommes mariés, et heureux. Un enfant va nous venir. Mon travail m'occupe jour et nuit. Je suis...

— Tu crois pouvoir me repousser ! Je ne le permettrai pas. Prends garde !

Elle se dégagea et sortit en courant.

Anne était soucieuse. Au dîner, Michel lui avait rapporté les menaces d'Hélène.

— Tu t'alarmes pour rien, Anne. Que pourrait-elle me faire ?

— Sait-on ce qui peut lui passer par la tête ? Cette femme est malade d'amour.

— Mon Dieu, elle est portée à l'exaltation, et malheureuse. Elle finira par revenir à la raison.

Il but une dernière gorgée de vin et se leva.

— Bien des choses me viendraient à l'esprit..., dit Anne, toujours songeuse.

— Quoi donc ? dit-il en se rasseyant.

— Si je ne pouvais pas t'avoir... je te tuerais !

Michel se mit à rire.

— Je dois donc me féliciter de t'avoir épousée !

— Je ne vois pas de quoi rire, Michel. Sois prudent.

— Et que dois-je faire ?

Anne haussa les épaules.

— Tu vois, reprit-il, tu ne le sais pas non plus. Je peux difficilement te tromper avec elle. Ou bien me le conseilles-tu ? demanda-t-il malicieusement.

— Essaie seulement ! répliqua-t-elle sur le même ton.

Michel la prit dans ses bras et lui donna un baiser.

— Peut-être devrions-nous inviter Hélène et mon frère Paul. Dimanche prochain... Je pourrai leur montrer la tour. Après avoir tout débarrassé.

Anne restait dubitative :

— Tu ne donneras pas si facilement le change à une femme amoureuse.

Michel avait regagné la tour. Assis sur son trépied, il contemplait l'eau où se coagulaient des traînées huileuses. Il était en transe, écrivant très vite sur une feuille de papier, sans la regarder, sans réfléchir, comme si ses phrases lui étaient dictées. Des feuillets couverts d'une écriture serrée s'amoncelaient déjà sur la table et le plancher. Sa page était finie. Comme un automate, il la repoussa et se remit à écrire.

Dehors, devant la maison, Hélène gardait les yeux fixés sur la tour. Derrière la fenêtre du premier étage, cachée par un rideau, Anne l'observait.

Michel descendit à la cuisine et prit place à la table, une pile de feuillets à la main. Il tendit la main à Anne et l'attira à lui. Assise sur ses genoux, elle lui caressait les cheveux.

— Tu devrais tailler ta barbe, dit-elle.

Michel posa sa tête sur sa poitrine.

— Elle est encore restée toute la nuit sous ta fenêtre, reprit sa femme.

Michel leva les yeux

– Peut-être pourrais-tu lui parler ?

– Je veux bien. Mais que lui dirai-je ?

– De nous laisser en paix.

– Cela ne nous avancera guère.

Prenant une poire et un grand couteau, Michel posa le fruit sur le bord de la table et plaça une corbeille à terre, juste en dessous. Levant le bras, il abattit le couteau droit sur la poire. L'extrémité du fruit tomba dans la corbeille.

– Mais que fais-tu ?

Saisissant le morceau de poire par la queue et le brandissant en l'air, il dit :

– C'est ainsi qu'ils couperont la tête du roi. Avec un engin à lame. À Paris.

Et, plongeant son index dans la carafe d'eau, il entreprit de dessiner sur la table le schéma de l'instrument de mort.

– La lame tombe d'en haut sur son cou. La tête choit dans la corbeille. Ils envahissent la prison, libèrent tous les prisonniers. La populace dans les rues... Beaucoup de sang. Puis ils s'entre-tueront avec cette machine. Des milliers d'hommes périront de cette façon. J'ai vu tout cela clairement. Une révolte, une révolution. Tout sera renversé. La reine aussi mourra.

– Quand cela doit-il se produire ?

– Dans deux cents ans.

– Quoi ? s'exclama Anne avec un rire incrédule.

– Je vois de plus en plus clairement. Scaglier a raison : les images sont nettes quand je dose convenablement la poudre.

Il lui tendit ses pages couvertes d'écriture.

– Peux-tu déchiffrer ces griffonnages ?

Anne y jeta un coup d'œil et le rassura.

— Veux-tu me faire plaisir ? Recopie-les.

Elle le regarda, étonnée.

— Pour quoi faire ?

— Dieu ne m'a pas donné cet effroyable don pour que je le cache aux hommes.

— Tu veux publier cela ! s'écria-t-elle, effrayée.

— Je dois les avertir. S'ils continuent ainsi, ils détruiront tout, avec des machines infernales défiant l'imagination. Des guerres terribles éclateront. La France voudra conquérir le monde et échouera en Russie. L'Allemagne voudra conquérir le monde et échouera aussi en Russie. Tous échoueront, l'Église comme les autres. Tout brûlera. Puis le soleil s'éteindra, ce sera l'obscurité. La terre, l'air et les grands fleuves gèleront. Et il n'y aura plus personne pour se lamenter.

— Si tu publies cela, ils te tueront !

— Dois-je pour autant taire la vérité ?

D'un geste décidé, Anne désigna le paquet de feuillets.

— Brûle-les.

— Je n'en ai pas le droit.

— Mais en quoi cela aidera-t-il les hommes ? Si tout doit se produire comme tu le dis... ils prendront peur, voilà tout !

— Je n'écris pas pour les gens simples. Seulement pour le petit nombre qui possède le savoir.

— Mais chacun pourra lire tes prophéties !

— Je les écrirai dans un langage chiffré. Seul celui qui aura la clé pourra les comprendre. J'attends seulement que l'une d'elles se réalise, dans un temps peu éloigné. Alors on me croira.

— Quand cela se produira-t-il ?

— Je l'ignore.

– Si tu devines tout, tu devrais pourtant le savoir ! observa Anne, taquine.

À cet instant, la femme de chambre fit entrer un homme dans la cuisine. C'était le vieux Raoul. Michel, se levant, courut l'embrasser.

– Raoul ! C'est bien toi ! Comme je suis heureux de t'accueillir enfin ! Anne, je te présente Raoul, mon vieil ami et mon aide. Raoul, voici ma femme, Anne.

– Et moi qui me réjouissais de pouvoir enfin mourir en paix ! dit Raoul en riant.

– Laisse les autres mourir, nous avons encore besoin de toi. Ah ! mon Raoul, nous avons vieilli... Mais bois plutôt, mange, et raconte-nous ce que tu as fait pendant toutes ces années !

– Il y a peu à raconter... Sans vous, j'étais désœuvré... Mais maintenant...

– Alors ne va pas te plaindre lorsque nous devrons travailler la nuit !

– Je me plaindrai, assurément ! riposta plaisamment son aide. Que reste-t-il donc à un vieil homme, s'il ne peut se plaindre et gémir ?

Dehors, dans un pré, Paul était occupé à installer une clôture avec un groupe d'hommes, enfonçant des pieux, clouant des lattes. Hélène s'avança vers lui, un panier au bras.

– Je t'apporte de quoi manger.

– Pour les autres aussi ?

– Cela devrait suffire.

Soulevant la serviette qui couvrait les victuailles, Paul aperçut quelques poulets rôtis, de beaux morceaux de gibier, une miche, du fromage, des fruits et du vin. Il héla ses compagnons, les invitant à venir se restaurer. Muni d'un demi-poulet, il alla s'asseoir sous un arbre, le dos calé contre le tronc. Hélène lui versa du vin et prit place à côté de lui. Les hommes se servirent à leur tour et s'installèrent sur l'herbe, un peu à l'écart.

— Ils travaillent bien, dit Paul. Nous aurons fini ce soir. Alors nous pourrons ramener le bétail dans la pâture.

— Ton frère a commerce avec le diable.

— Voilà que tu recommences !

— Il passe toutes les nuits dans sa tour. Il ne dort plus du tout. Or il n'est jamais fatigué.

— C'est un bon médecin. Il nous a tous aidés. Ce qu'il fait la nuit ne nous concerne pas.

— Tu devrais au moins réprouver la façon dont il me traite ! Il est impudent et se répand en allusions scabreuses dès qu'il me voit.

— Cesse tes ragots ! Crois-tu que je n'aie pas vu les yeux que tu lui fais ? Une chienne en chaleur ! Et il t'a repoussée. Crois-tu que j'ignore pourquoi il ne vient pas chez nous ? Pour ne pas nous exposer, lui et moi, à cet embarras. Laisse-le tranquille !

Il se leva, furieux.

— Je t'aurai avertie ! lança-t-il en rejoignant les autres.

Hélène, hors d'elle, se leva et coupa à travers champs vers la ville. En chemin, elle rencontra Anne, qui l'attendait. Elle fut d'abord tentée de bifurquer, mais, prise au piège, se dirigea résolument vers Anne.

— Par quel hasard...

— Ce n'est pas un hasard, dit Anne. Ta cuisinière m'a dit que je te trouverais là. Et Michel m'a rapporté votre conversation, à propos des parfums. Je crois que c'est une bonne idée. Nous devrions la réaliser. Qu'en penses-tu ?

— Sans lui, nous ne savons rien faire.

— Il nous aidera, sans aucun doute. Et lorsque nous saurons comment procéder... à moins que tu n'en aies plus envie ?

— Mais si, bien sûr !

— Michel sera content. Je m'en réjouis aussi. Viens nous voir demain, nous parlerons de tout cela ensemble.

Michel versa quelques gouttes d'essence dans l'eau. Le liquide changea de couleur, se couvrit d'irisations huileuses. Se penchant sur le récipient, il ajouta un peu d'une autre substance. Le liquide se teinta d'or rutilant. Les images vacillantes prirent des contours plus nets. Un heaume doré scintillant au soleil, laissant paraître deux yeux. Un cheval cabré. Des fanions multicolores... Une lance... Une lance perçant le heaume, s'enfonçant dans l'œil. Un cri. Un homme, le roi, tombant de cheval. La foule qui l'entoure. L'homme à la lance, penché au-dessus de lui. Une femme — Catherine de Médicis — à l'écart, pressant un livre sur son cœur. Un sourire fugitif sur son visage. Lentement, elle s'approche du roi, qui gît à terre. Tous s'écartent respectueusement sur son passage. Une autre femme, la maîtresse du roi, Diane de Poitiers, bien plus âgée que lui, se jette sur lui, le couvre de caresses. La reine, debout, domine la scène. Elle baisse les yeux sur eux, fait un signe. Deux hommes accourent avec une civière. On porte le roi dans une tente. Diane veut le rejoindre, mais la reine, la prenant par le bras, l'arrête d'un regard. Diane s'incline profondément devant la souveraine. Son temps est révolu. La reine rejoint la tente à pas lents. Tous se courbent respectueusement devant elle. Elle affiche un sourire serein.

Michel bondit, saisit les feuillets qu'il venait de noircir, descendit quatre à quatre l'escalier jusqu'à sa chambre. Anne était déjà endormie, le petit César, maintenant âgé d'un an, couché à côté d'elle. Michel la secoua.

— Anne, Anne ! Réveille-toi !

— Quelle heure est-il ?

— Le roi va mourir !

Anne se frottait les yeux, tout ensommeillée.

— Quel roi ?

— Notre roi ! Henri II ! Je sais quand et comment. Dans un duel. La lance de son adversaire lui percera l'œil à travers son heaume. Cela prouvera la véracité de mes prophéties. À présent, je peux enfin tout publier !

Anne s'éveilla tout à fait.

— Tu es donc fou ? Il faut que tu aies perdu l'esprit ! Tu te mettras à dos le roi et l'Église.

— Mais pas la reine...

— Viens à côté. Tu vas réveiller le petit. Il dort enfin.

Elle passa une robe de chambre et tous deux descendirent à la cuisine.

Michel se tailla un morceau de pain dans la miche, prit un peu de jambon et quelques olives, se versa un verre de vin. Il était affamé et radieux.

— Catherine, dit-il, je le sais, fait grand cas des astrologues. La cour grouille de charlatans italiens qui la trompent et la grugent. Mais elle est avisée. Et la mort du roi... je pense que la disparition de cet homme, qui depuis ses noces l'humilie publiquement en s'affichant avec Diane de Poitiers, ne lui déplaira pas.

– Est-il vrai que la Poitiers était la nourrice du roi ?

– Certes, et elle lui donne toujours le sein !

– Comme il est surprenant qu'une femme puisse garder aussi longtemps la faveur d'un homme...

– Elle doit connaître toutes ses faiblesses. Les hommes n'aiment personne davantage que ceux qui leur pardonnent leurs faiblesses.

– Tu en sais quelque chose, n'est-ce pas ?

Michel rit.

– J'en sais quelque chose.

– Mais que se passera-t-il, si Catherine perd le pouvoir ? Ne te livre pas à des spéculations hasardeuses.

– Catherine est habile. Elle se chargera des affaires du royaume au nom de son jeune fils. Je ne puis espérer meilleure protection. Je t'en prie, lève-toi et recopie ceci !

Il l'embrassa et s'apprêta à sortir. Anne se servit à son tour une tranche de jambon.

– J'ai parlé à Hélène, dit-elle.

– Alors ?

– Elle trouve que ce serait une merveilleuse idée de fabriquer du parfum et des confitures. Si tu es des nôtres.

– Tu ne devrais pas perdre ton temps à ces sottises. J'ai besoin de toi. Nous avons tant à faire.

Anne regarda les pages noircies par son mari.

– Mais ce sont des poèmes ! s'écria-t-elle.

Michel était déjà dehors.

Une semaine plus tard, ils se rendirent chez l'imprimeur. Michel avait travaillé nuit et jour et Anne avait recopié toutes ses prophéties. L'imprimeur sortit une épreuve de la presse, y jeta un coup d'œil et la posa sur une grande table. Michel examina à son tour le placard, satisfait.

– Combien en reste-t-il encore à imprimer ?

– Six.

– Bien. Combien de temps cela vous prendra-t-il ?

– Près d'une semaine.

– Anne, reste ici et relis ces épreuves. Il ne doit pas subsister une seule erreur.

– Est-ce sérieux ou est-ce de la poésie ? voulut savoir l'imprimeur.

– Depuis quand la poésie n'est-elle pas sérieuse ?

– Vous comprenez ce que je veux dire.

Michel posa sa main sur l'épaule de l'imprimeur et le regarda droit dans les yeux.

– Personne ne doit voir ce livre, m'entendez-vous, personne ! Pas avant que la reine l'ait lu. Un exemplaire seulement sortira d'ici, destiné à Catherine. Si cela tombe trop tôt en de mauvaises mains, nous serons perdus. Moi, mais vous aussi.

– Je craignais quelque chose de ce goût...

– Alors, faites ce que je vous dis.

Michel quitta l'imprimerie et se rendit au laboratoire qu'ils avaient utilisé pendant la peste et qu'ils venaient de rouvrir. Hélène y filtrait de l'eau bouillie dans un flacon de verre. La grande table disparaissait sous les fleurs. Des fioles d'huiles, d'essences diverses et d'alcool s'alignaient sur les étagères. Au fond, contre le mur, un alambic jouxtait le fourneau. Michel choisit un petit flacon, y préleva quelques gouttes d'huile à l'aide d'une pipette et les versa dans la cornue avant de l'agiter doucement. Puis il trempa une bandelette de papier dans le liquide et l'approcha de ses narines. Rayonnant, il la tendit à Hélène qui, tout ce temps, l'avait observé attentivement. Elle prit à son tour le papier et le porta à son nez.

— Grands dieux...
— Ça sent bon ?
— Très bon.
— Eh bien ! au travail.

La cour résidait au château de Blois.

Au petit jour, Catherine de Médicis se dirigea d'un pas vif vers les appartements royaux. Les deux gardes postés à l'entrée s'inclinèrent devant elle et lui ouvrirent la grande porte à deux battants. Dans l'antichambre du roi, un chambellan s'avança vers elle et, à son tour, fit la révérence avant de l'avertir :

— Sa Majesté dort encore.
— Eh bien ! je vais le réveiller.
— C'est que... Sa Majesté n'est pas seule.
— Qui est avec lui ? Diane ? rétorqua Catherine en riant.

Et, sans hésiter, elle ouvrit la porte de la chambre à coucher. Le roi était assis dans sa baignoire. Diane lui frottait tendrement le dos avec une éponge.

Catherine était restée sur le pas de la porte. S'apercevant de sa présence, le roi sortit de son bain et passa une robe de chambre. Négligemment, il jeta sur les coussins le livre qu'il lisait et s'allongea sur le lit. Diane le rejoignit et s'assit à côté de lui. Posant sa tête sur le giron de sa maîtresse, il ouvrit son peignoir et lui caressa les cuisses.

– Avez-vous lu cet ouvrage, madame ? demanda-t-il en désignant le volume.

Catherine reconnut le livre de Michel de Nostre-dame, qu'elle avait cherché en vain toute la soirée.

– Comment est-il tombé entre vos mains ?

– Vous devez l'avoir égaré. Un serviteur l'a trouvé et, croyant qu'il m'appartenait, me l'a apporté hier soir. J'ai tout de suite pensé qu'il était à vous. Personne d'autre ici ne goûte ce genre de lectures. Je vous ai donc fait appeler car j'imaginais qu'il vous manquerait. Par ennui, je l'ai un peu feuilleté. Très intéressant.

Saisissant le livre, il commença à lire à voix haute :

– « Le lyon jeune le vieux surmontera, en champ bellique par singulier duelle, dans cage d'or les yeux luy crèvera, deux classes une puis mourir mort cruelle... » Et cætera.

Et il jeta l'ouvrage sur le lit.

– Si vous le désirez, vous pouvez garder ce livre quelque temps, proposa Catherine.

– Je ne comprends pas que vous gâchiez ainsi votre temps. Le mien est trop précieux pour de telles fadaises, répliqua Henri, qui continuait de caresser Diane. Que pensez-vous de ces prophéties ? lui demanda-t-il.

Diane examina un instant le livre puis le laissa négligemment tomber à terre.

– Le style en est rebutant. Quel plaisir à lire cela ?

– J'ai invité cet homme, annonça Catherine en souriant.

– Eh bien ! il a obtenu ce qu'il désirait, répliqua le monarque. Ne lui donnez pas trop d'argent. C'est un escroc, comme tous les Italiens de votre écurie, qui ne font que vous gruger.

Toujours souriante, Catherine ramassa le livre et se dirigea vers la porte.

Le roi caressait les seins de sa maîtresse, qui lui grattait la tête.

— Je disais justement au roi, avant votre arrivée, qu'il devrait bientôt vous visiter. J'ai parlé à votre médecin, le moment serait propice, cette nuit même. Cela vous convient-il ? lança Diane. Vers dix heures ? ajouta-t-elle. Nous voudrions jouer aux cartes. Ou serez-vous trop fatiguée ?

— Pas du tout.

Catherine gardait la tête haute, bien décidée à ne pas se laisser humilier. Pas un instant elle n'avait cessé de sourire.

— Bien. Je vous amènerai le roi.

Catherine sortait de la chambre quand Diane la rappela :

— Peut-être devriez-vous prendre un de vos affreux bains de boue. Nous ne voulons pas trop épuiser le roi...

Le carrosse filait à travers la forêt. L'équipage fit halte devant une auberge. Le tenancier, secondé par deux jeunes gaillards, vint dételer les bêtes et les remplacer par des chevaux frais. Il tendit à Michel un panier de victuailles, au cocher une saucisse et une bouteille d'eau. Quelques instants plus tard, le carrosse avait repris sa course.

Ils arrivèrent à Blois au matin. Un valet s'inclina devant Michel.

— Monsieur, pardonnez-moi... puis-je vous poser une question ? demanda-t-il timidement.

Michel l'invita à poursuivre.

— Le chien de la comtesse Beauvau s'est échappé. Elle passe ses journées à pleurer. Vous êtes un astrologue de renom...

Michel écarquilla les yeux.

— Ici, à la Cour, tout se sait très vite, monsieur. Celui qui n'est pas au fait des derniers bavardages peut faire ses bagages.

— Cherchez-le rue Royale. Chez le boucher, dit Michel en s'engageant dans le grand escalier.

Un autre valet le conduisit immédiatement à la reine. Elle l'attendait dans son laboratoire.

Catherine humait le parfum dont Michel venait de lui faire présent. Debout à côté d'elle, il examinait la pièce. Le laboratoire était plus vaste encore que celui d'Agen. Des symboles mystiques ornaient tout un mur ; les autres étaient couverts d'horoscopes.

— Vous fabriquez aussi des parfums ?

— Ma femme, pour passer le temps. Avec ma belle-sœur.

— J'ai lu votre livre. Bien des choses y sont obscures. Savez-vous pourquoi je vous ai fait venir ?

Michel fit une profonde révérence.

— Laissez ces simagrées de courtisan, reprit-elle. Je voudrais vous parler comme à un confrère. Je travaille depuis des années avec Ruggieri. Le connaissez-vous ?

— Non.

— Un Italien, qui passe pour être l'astrologue le plus accompli. Nous verrons. Il est versé dans les sciences occultes. Vous prédisez la mort du roi et d'autres événements terribles. Ne craignez-vous pas l'Inquisition ?

— Jusqu'à présent, vous êtes la seule à avoir vu ce livre. Je n'ai fait publier aucun autre exemplaire.

— Croyez-vous que je vous protégerai ? lança Catherine en riant.

— Le ferez-vous ?

— Nous verrons.

Elle tendit la main vers les horoscopes affichés aux murs.

— Mes ennemis. Tout ce que vous voyez ici est uniquement destiné à les écraser, à anéantir quiconque se dressera sur mon chemin. Tous les moyens seront bons. Ne me regardez pas avec cet air effrayé, docteur. Je ne suis pas folle. Je suis une faible femme. Et le roi est un imbécile, un jouet impuissant dans les mains de cette... – elle inspira profondément – ... personne. Comme vous le voyez, je vous parle sans détour. Il va mourir, écrivez-vous. Bien. Il est grand temps, car tout ici court à la ruine. Je gouvernerai pour mon fils. Ce ne sera pas simple, il faudra louvoyer entre catholiques et protestants, entre l'Espagne, l'Angleterre et les Pays-Bas. La France est à bout... Notre seule chance est qu'aucun de nos ennemis ne s'en soit vraiment aperçu. Je devrai compter sur mes seules forces, et sur ma seule ruse. Je n'attends aucune aide, de personne. Mon unique atout est que nul ne soupçonne mes projets ni ma détermination : tous sont bien trop occupés à s'entre-déchirer. Je ne me soucie d'aucune faction, ni d'aucune Église ; cette guerre de religion me répugne. Le seul enjeu en est le pouvoir, bien qu'aucun des partis ne sache à quelle fin il désire ce pouvoir. Je ne me soucie que de la France, une France puissante et libre. Certes, je suis italienne. Mais je suis aussi reine de France. Ainsi Dieu en a-t-il décidé. Aussi je ferai mon devoir, et personne ne m'en empêchera. M'aiderez-vous ?

– Si je le puis, répondit Michel, impressionné.

La reine ne ressemblait pas du tout à l'image que l'on s'en faisait communément. Elle pensait et parlait avec une grande clarté. Et ses propos étaient raisonnables.

– Voulez-vous m'aider ? répéta Catherine.

Michel hésita.

– Je n'ai pas la tête politique.

– Je n'ai pas besoin de tête politique, mais de quelqu'un qui comprenne la vie et connaisse les hommes, leurs faiblesses, le tréfonds de leur cœur. Vous n'aurez qu'à m'accompagner sur ma route et m'indiquer mes erreurs. Le voulez-vous ? Si je persiste à les commettre, ce sera mon affaire.

Michel acquiesça.

– Bien. Je veux que vous m'enseigniez tout votre savoir. Et je vous présenterai Ruggieri. J'aimerais savoir ce que vous pensez de lui.

Catherine se dirigea vers une porte dérobée, l'ouvrit et pénétra dans un autre laboratoire. Ruggieri s'y livrait à une expérience. Catherine lui effleura le bras.

– Ruggieri, je désirerais vous présenter le docteur de Nostredame.

Le roi, assis dans un fauteuil, contemplait sa maîtresse qui posait, nue, pour le peintre François Clouet. Près de la fenêtre, la mine obséquieuse, Ruggieri sirotait un verre de vin.

– Que faisons-nous maintenant ? demanda le roi.

Diane se leva, enfila un peignoir de soie et fit un signe à Clouet :

– Nous continuerons demain.

Le peintre posa son pinceau, s'inclina et quitta le salon sur-le-champ.

Diane but une gorgée de vin.

— Ce Clouet a si souvent fait mon portrait qu'il devrait pouvoir se passer de moi !

— Il ne te fait poser que parce que je le lui demande. J'aime bien regarder, dit Henri.

Diane lui caressa la tête. Puis, se tournant vers Ruggieri :

— Tuez ce docteur de Nostredame...

— Crois-tu que ce soit nécessaire ? demanda le roi.

— Aujourd'hui même, poursuivit Diane. Le roi doit le recevoir cet après-midi. Nous boirons du vin. Versez une de vos mixtures de sorcière dans son verre.

D'un geste, elle donna congé à l'astrologue. Ruggieri, avec une profonde révérence, sortit à reculons de la pièce.

Le roi prit la main de Diane.

— Pourquoi t'inquiètes-tu de ce charlatan ?

— J'ai lu son livre.

— Où l'as-tu trouvé ? La reine l'a repris.

— Lorsque je l'ai eu en main, j'ai retenu le nom de l'imprimeur et j'en ai fait chercher un autre.

Elle gloussa.

— Il ne voulait rien entendre ! Ce Nostredame est rusé : il ne veut publier ses prophéties que sous le sceau de la reine.

— Mais pourquoi le prends-tu au sérieux ?

— Je prends au sérieux tous ceux qui prédisent ta mort.

Regardant le tableau, Diane fronça le nez.

— Je deviens grasse...

Henri s'approcha d'elle, la prit par la taille et l'embrassa sur la nuque.

— De jour en jour tu deviens plus belle !

L'après-midi, Michel attendit le roi dans la salle d'audience, en compagnie de quelques courtisans. Ruggieri, appuyé contre le mur, contemplait ses souliers. Enfin les portes s'ouvrirent. Le roi entra, Diane à son bras. Tous s'inclinèrent. Derrière le couple, Catherine pénétra à son tour dans la salle. Le roi se dirigea vers Michel.

— Voilà donc le prophète dont le livre est dans toutes les bouches, bien qu'il soit impossible d'en obtenir un exemplaire. Vous vous entendez à votre affaire, monsieur ! Vous devrez, j'en ai peur, vous passer de ma clientèle. À la différence de mon épouse, je n'ai guère de goût pour ces sornettes.

Ayant dit, le roi continua d'avancer. Michel blêmit : il ne s'attendait pas à un accueil aussi rude. Il esquissa une révérence. Déjà, le roi revenait sur ses pas.

— Cependant... ce que les gens racontent m'ébahit moi aussi. Un valet a retrouvé le chien fugueur de la comtesse Beauvau. Rue Royale, comme vous l'aviez prévu. C'est étonnant.

— Pardonnez-moi, Majesté, mais ce n'était pas une prophétie.

— Certainement pas. Un tour de passe-passe ? M'en confieriez-vous le secret ?

Il ricana et se reprit :

— Pardon. Je sais qu'aucun magicien ne dévoile ses tours. Ce serait sa fin.

Le roi fit signe à un valet, qui accourut avec un plateau chargé de rafraîchissements. Le roi jeta un coup d'œil aux verres avant d'en tendre un à Michel.

— Buvez, monsieur !

Diane l'observait, tendue. Michel obéit. Le roi hocha la tête.

— J'ai ouï dire que vous aviez prédit ma mort. Trouvez-vous cela courtois ? À titre de revanche, laissez-moi vous prédire la vôtre.

Il pointa son index sur la poitrine de Michel.

— Monsieur, vous allez mourir !

Les courtisans échangèrent des regards apeurés.

— Qu'en dites-vous ? dit Henri en éclatant de rire. Ne suis-je pas aussi bon prophète que vous ? Ou voulez-vous nier que vous mourrez ? Comme nous tous ici, un jour ou l'autre.

Toute l'assistance riait. Diane applaudissait doucement. Catherine, elle, trouvait la scène de fort mauvais goût, mais la menace implicite ne lui avait pas échappé. C'était bien une menace, même si le roi se pavanait comme un paon et se rengorgeait, buvant les compliments que lui valait sa pointe. De nouveau, Henri se tourna vers Michel.

— Je voulais vous voir, monsieur, parce qu'en combattant la peste vous avez fait des miracles qui rachètent toutes vos niaiseries.

Puis, s'adressant à Catherine :

— Qu'en pensez-vous ? J'aimerais nommer monsieur de Nostredame médecin du roi. La reine préférerait certainement l'élever au rang de prophète royal, mais elle devra attendre d'avoir le pouvoir dans ce pays.

Et, saluant Michel d'un signe de tête, il tourna les talons. La reine, qui souriait toujours, s'approcha de Michel.

— Venez tout de suite dans mon laboratoire, murmura-t-elle.

À peine y étaient-ils entrés que le poison commença à faire effet sur Michel. Bientôt, il se recroquevilla sur lui-même, saisi par de terribles crampes. Il était blême, son front ruisselait de sueur. Les mains tremblantes, il ouvrit son col, toussa puis vomit. Montrant une fiole, il parvint à chuchoter :

– Vite ! Un gramme de ceci... Un litre d'alcool, un demi-litre d'eau... Trois gouttes.

Catherine pesa la poudre, la versa dans une bouteille. Elle cherchait l'alcool, en vain. D'une main faible, Michel désigna un flacon. Catherine prépara la mixture, en préleva quelques gouttes destinées à la cornue que Michel agrippait de toutes ses forces. Catherine lui proposa d'appeler Ruggieri, mais il refusa d'une grimace énergique. Il ne pouvait plus parler et devait se retenir à l'étagère pour ne pas tomber. Il lui montra différentes fioles, les mains crispées sur son ventre, défiguré par la douleur, mimant du pouce et de l'index les quantités convenables. Quand Catherine eut composé l'antidote, Michel saisit la cornue et la vida d'un trait. Le récipient lui tomba aussitôt des mains et se brisa sur le sol. Il perdit alors connaissance, et une écume noire souilla ses lèvres. Catherine eut juste le temps de le rattraper avant que sa tête ne heurte le bord de l'étagère, mais, ne pouvant le porter, elle le fit glisser sur le sol avec précaution, se pencha sur lui et lui prit le pouls. En vain. Affolée, elle s'empara d'un miroir et le lui plaça sous le nez. La glace s'embua à peine : un faible souffle subsistait, presque imperceptible, infiniment ténu.

Trois jours plus tard, Michel était couché, les yeux fermés, blême encore, la reine à son chevet, lorsqu'il ouvrit enfin les yeux. Elle lui prit la main.

– Comment vous sentez-vous ? Vous avez dormi deux jours. J'étais très inquiète.

Michel tenta de se lever, mais, trop faible encore, retomba sans force sur les oreillers.

– Il faut rester couché, l'admonesta la reine en souriant. Eh quoi ! monsieur le devin, n'avez-vous pas su qu'on allait vous tuer ?

– Je sais parfaitement quand je mourrai. Le moment n'est pas venu. J'aimerais rentrer chez moi.

– Mais puisque vous connaissez l'heure de votre mort, vous pouvez demeurer ici en toute quiétude !

Michel s'arracha un sourire.

– Même si les étoiles ne mentent pas, suis-je sûr de ne jamais me tromper en les déchiffrant ? Je n'aurais plus alors l'occasion de le regretter.

Catherine riait.

– Je vais vous faire apporter un bouillon qui vous redonnera des forces. Ensuite, dormez. Demain, je vous présenterai mes enfants, annonça-t-elle.

Un valet entra dans le salon, portant un plateau chargé de lettres. Elles étaient toutes destinées à Michel. Catherine posa le plateau à côté du lit, sous le regard interrogateur de Michel. Qui pouvait bien lui écrire ? Il ne connaissait personne ici.

– Ce sont des invitations, hasarda la reine en ouvrant quelques enveloppes. Mais oui, ajouta-t-elle en les lui tendant, c'est bien cela. L'histoire du chien court sur toutes les lèvres. À Paris, vous serez un homme riche !

Catherine poussait Michel, assis dans un fauteuil roulant, le long d'un corridor.

– Comment vous sentez-vous aujourd'hui ?

– Mal.

– Allons, vous avez bien meilleure mine qu'hier.

– Cet habit m'étouffe, me comprime le corps, empêche mon sang de circuler, paralyse mes muscles. Je ne comprends pas que l'on puisse porter pareille chose !

Catherine éclata de rire.

– Mais pourquoi ne mettez-vous pas vos effets ordinaires ?

– Mon vieux manteau ? Pour aller chez la reine ?

– La reine n'a pas invité un habit ! répliqua Catherine.

Ils étaient arrivés dans le salon des enfants. Deux chevaliers de bois se faisaient face en lice, pointant leurs lances l'un vers l'autre. À côté du jouet, François et Élisabeth regardaient Marie, perchée sur une chaise haute, attendant son signal. Elle agita un fanion. Aussitôt, les deux enfants s'empressèrent de tourner leurs manivelles, libérant la corde qui retenait les chevaliers. Glissant sur des rails, les deux adversaires se précipitèrent l'un sur l'autre ; la lance du premier frappa de plein fouet la tête du second, qui tomba de cheval. François battit des mains, jubilant : il venait encore de l'emporter. Élisabeth, furieuse, saisit son chevalier et le lança sur son frère. Celui-ci s'esquiva et le jouet vint tomber aux pieds de Catherine, qui se tenait sur le seuil.

– Voici le célèbre docteur de Nostredame dont je vous ai parlé, monsieur, dit la reine.

Puis, s'adressant à Michel :

– Mon fils, François. Le futur roi de France.

François, soudain très digne et grave, salua Michel :

– Vous êtes le bienvenu dans notre salle de jeux,

214

monsieur. Puis-je vous présenter ma future épouse, Marie, reine d'Écosse ?

Marie gloussa. François lui lança un regard sévère, et la petite fille se tut immédiatement. Puis François lui-même perdit son sérieux ; alors, Marie éclata franchement de rire.

Dans son fauteuil, Michel s'inclina légèrement.

– Je suis très honoré d'être votre hôte.

Catherine se tourna vers la fillette.

– Élisabeth, ma fille aînée. Et le duc d'Alençon, ajouta-t-elle en montrant un bébé, qu'une nourrice amenait tout juste dans le salon.

La femme installa l'enfant sur une couverture moelleuse, à terre.

– Il ne sait pas encore marcher, précisa François.

– Comme moi ! répliqua Michel.

Se levant avec difficulté, il s'agenouilla près du bébé et lui mit un hochet dans la main. Tandis qu'il caressait doucement la menotte, le hochet fit un bruit joyeux. Le visage du bébé s'illumina et il se mit à trépigner de contentement.

La pièce était pleine d'instruments de musique, cloches, cymbales, tambours, crécelles, flûtes. Michel mit en branle une toupie puis frappa sur une cymbale. François s'empara alors du tambour, Élisabeth d'une crécelle, Marie de deux clochettes. Chacun jouait comme il lui plaisait, ce qui produisit bientôt un tapage insensé. Deux autres enfants firent leur apparition, une épée de bois à la main.

– Voici Charles, mon deuxième fils, et le duc d'Orléans, dit Catherine.

Les deux nouveaux venus se munirent à leur tour d'un instrument. Tous jouaient sans la moindre harmonie, aussi fort et faux qu'ils le pouvaient.

Catherine s'amusait beaucoup de cette joyeuse cacophonie. Elle saisit une flûte et en tira des trilles suraiguës, tandis que les enfants dansaient et sautaient sans retenue dans le salon.

Mais, d'un coup, une basse têtue, en mode mineur, vint couvrir leur tintamarre. Un sourd roulement de tambour l'accompagnait, le fer-blanc gémissait, comme essoufflé. Une harpe grinça, comme si l'on avait frotté une lime sur ses cordes. Des voix surgies du néant se lamentaient dans une chambre envahie par la mort. Michel sentit un bourdonnement aigu lui vriller impitoyablement les tympans. Du sang souillait l'épée que brandissait Charles. Peu à peu murs et plancher furent couverts de sang, une vague pourpre inonda la pièce, éclaboussant les visages et les vêtements des enfants. Michel se releva, se cramponna à son fauteuil roulant, s'y assit, regarda autour de lui, terrifié. Les enfants avaient cessé de jouer. Tous l'entouraient et l'observaient avec angoisse.

– Vous sentez-vous bien, monsieur ? lui demanda François.

Quelques jours plus tard, Michel et la reine se promenaient dans le jardin. Catherine lui avait pris le bras.

– Je veux savoir la vérité, dit-elle.

Elle s'immobilisa et, le regardant dans les yeux, ajouta :

– Qu'elle me plaise ou non.

Michel hésitait.

– Est-ce si terrible ? Au point que vous préfériez vous taire ? Rappelez-vous Sénèque : «L'affliction sans gravité trouve ses mots, la peine infinie reste silencieuse.»

– Il y aura bien du sang versé autour de vos enfants, soupira enfin Michel.

– C'est inévitable. Notre époque est sanglante.

Michel se tut. Devait-il lui révéler ce qu'il avait vu ? À quoi bon l'inquiéter ? Ce qui devait advenir adviendrait. Il serait temps alors de s'habituer à l'horreur.

– Je vous en prie, dit Catherine. Il faut que je sache. Vous devez me dire tout ce que vous savez, nous en sommes convenus. Vous en souvenez-vous ?

– Chacun de vos fils sera roi de France, déclara Michel. Mais vous vivrez plus longtemps qu'eux.

Catherine le dévisagea, épouvantée. Lâchant son bras, elle fit quelques pas seule. Michel la suivit pesamment. Catherine s'était arrêtée et l'attendait.

– En êtes-vous certain ?

Michel haussa les épaules. Que lui répondre ?

– Oui, dit-il enfin.

Ils continuèrent de marcher en silence. Les jardiniers, occupés à tailler une haie, s'inclinèrent devant eux. Mais Catherine ne les vit pas.

– Le plus grand malheur, dit-elle au bout d'un moment, est de survivre à ses enfants. Je dois me préparer à des temps terribles.

Puis, comme si rien ne s'était passé, elle entoura de son bras les épaules de Michel et lança, sereine :

– Il vous faut à présent prendre votre décision. Passerez-vous le reste de votre vie dans les salons de dames désenchantées, à rechercher leurs caniches ou leurs chats égarés, ou...

– Non, certainement pas ! protesta Michel, égayé par ce tableau.

– Mais vous gagneriez beaucoup d'argent. Et,

grâce à votre parfum, vous deviendriez bientôt la coqueluche de la cour. Cela ne vous tente pas ?

Elle ajouta, avec un sourire :

– Et puis, vous ne seriez jamais loin de moi. Cela non plus ne vous séduit-il pas ?

– Je ne suis pas seul à décider de ce que je dois faire. Une tâche m'a été fixée par Dieu.

– Vous retournez donc chez vous ?

– Aussi vite que je le pourrai. Par ailleurs, ma femme attend notre deuxième enfant. J'aimerais être là lorsqu'il naîtra.

– Alors partez immédiatement. Promettez-moi que vous m'enverrez tout ce que vous écrivez. Je veux connaître vos prophéties avant qu'elles soient publiées.

– Ce sera un grand honneur.

– Laissez ces manières de cour. Ce dont nous parlons est trop grave pour ces formules stupides. Quels sont vos projets ?

– Je vais travailler. Chaque nuit, j'accueillerai mes visions, puis j'examinerai leur véracité.

– Vous ne vous fiez pas à votre inspiration ?

– Si, mais je veux être certain. Je veux les purifier de tout élément singulier, lié à ma propre vie. Je vérifie chacune de mes prophéties. Jusqu'ici, les étoiles ont toujours confirmé ce que je voyais en transe.

– Quand ferez-vous paraître votre prochain livre ?

– Très bientôt. Il traitera du siècle prochain. Et, s'il plaît à Dieu, je pourrai voir plus loin encore dans l'avenir.

Catherine l'étreignit.

– Mon pauvre ami, je souhaite que vous trouviez assez de force.

En repartant chez lui, Michel fit un détour par Agen. Il voulait revoir Scaglier : son ami était âgé, et l'occasion ne s'en présenterait peut-être plus.

Michel arriva en ville en fin d'après-midi. Jean ouvrit la porte de sa voiture et le conduisit dans la pièce autrefois occupée par la bibliothèque secrète.

Des pots de couleurs jonchaient le sol ; un peintre esquissait sur l'un des murs un ravissant paysage. Les autres murs étaient nus et vides. Michel attendit au milieu de la pièce où il avait travaillé tant d'années. Scaglier entra. Sans même saluer son ami, il brandit rageusement un livre : les *Centuries*.

– Stupide, imbécile et vaniteux ! Et dangereux, fulmina le vieux savant en jetant le volume au sol. Comment as-tu pu publier un tel livre ?

Le peintre les salua et s'éclipsa vivement.

– Michel, réponds-moi ! Tu nous as tous mis en danger. Pourquoi ne dis-tu rien ? Explique-toi. Je veux comprendre ce qui t'a poussé à agir ainsi.

– Je devais le faire.

– Tu devais le faire ?

– Je passe chaque nuit assis sur mon trépied, à contempler l'eau, la baguette de coudrier à la main. Et dans le silence une flamme jaillit. Jules, une lumière divine envahit alors ma chambre. Le fil de la sensation atteint mon âme et l'avenir se révèle à moi. Tout en moi est dirigé par l'impénétrable toute-puissance de Dieu. Il me donne l'esprit. Non pas la folie dionysiaque, ni l'exaltation du possédé. Tout vient de Lui, et les astres me le confirment. Je vois les choses les plus effrayantes : meurtres, assassinats, viols, tortures, de terribles catastrophes, d'effroyables guerres, conduites avec des armes dont nous n'avons aucune idée. Ils viendront du fond des mers, portés par des vaisseaux, et des airs, à une vitesse inimaginable, avec du feu, des gaz et d'invisibles vapeurs. Ils anéantiront tout... et eux-mêmes à la fin.

— Personne ne survivra-t-il ?

— Je l'ignore encore. Je n'ai pas atteint l'instant ultime. Chaque nuit, j'avance. Mes visions m'ont jusqu'ici porté au vingtième siècle.

— Quatre cents ans..., dit Scaglier, pensif.

Mme Scaglier entra, embrassa Michel et leur proposa de passer à table. Scaglier regardait son ami.

— As-tu faim ?

Michel fit signe que non.

— Alors, laisse-nous seuls, je te prie. Nous avons peu de temps, dit-il à sa femme.

Mme Scaglier acquiesça. Elle étreignit de nouveau Michel avant de se retirer.

— Le vingtième siècle, poursuivit Michel, sera particulièrement terrible. Trois guerres épouvantables ravageront la terre entière. Et je ne vois pas que cela s'achève. Quelques pays seront très prospères, mais des nations entières mourront de faim. Des maladies s'abattront sur les hommes, des épidémies qui feront paraître bénigne notre peste. De nouveaux philosophes apparaîtront, porteurs de pernicieuses promesses de salut. Ils rendront les hommes malheureux et les exciteront les uns contre les autres.

Michel leva une main vers le ciel, tendit l'autre vers le sol, comme pour s'approprier la puissance de l'univers. Scaglier le regardait, captivé. Michel ferma les yeux.

– Hadrie, dit-il soudain. Hadrie ! Ce sera, au vingtième siècle, le pire de tous. La secte répandra un malheur sans bornes sur la terre. On tuera de nouveau beaucoup de Juifs, bien plus que jamais auparavant. Avec du gaz.

Il prit un gros pinceau dans un seau de peinture rouge et se dirigea vers la fresque. D'un seul mouvement, il recouvrit d'une grande croix gammée les teintes évanescentes. Reculant d'un pas, stupéfait, il observa le symbole.

– Que signifie cette croix ? demanda Scaglier.

– Je l'ignore.

De minces filets de peinture rouge coulaient le long du mur.

– Le signe de la mort, dit Michel.

Ils sortirent et prirent place sur le banc où, jadis, Michel et Marie aimaient s'asseoir.

– En ce temps-là, ils voleront aussi dans le ciel, reprit Michel. Avec de puissants vaisseaux de métal... D'abord, ils atteindront la Lune, puis ils iront plus loin. Ils marcheront sur les planètes Mars et Jupiter !

– Et ensuite ?

– Je ne sais pas encore. Chaque nuit m'amène un peu plus avant dans le futur. J'ai souvent pensé que je verrai l'Apocalypse. La fin de tout, le feu destructeur, le sang empoisonné.

Il fit une pause, regarda Scaglier.

– Crois-moi, c'est une malédiction qui ne cesse jamais. Elle continue sans trêve, toujours plus affreuse. Le monde ne se repose que brièvement, assez pour puiser des forces pour de nouvelles horreurs.

– Mon pauvre ami ! Mais au-delà de toutes ces

catastrophes, derrière ces effroyables ténèbres... ne vient-il aucune espérance ?

Michel haussa les épaules. Ils restèrent un moment silencieux.

– Je me suis assis bien souvent ici, avec Marie. Voilà vingt ans...

Scaglier passa son bras autour des épaules de son ami. Il aurait tant voulu le consoler. Hélas, il savait que c'était impossible et ressentait une compassion infinie.

Michel priait, agenouillé près de la tombe de Marie et de ses enfants. Scaglier l'attendait, un peu à l'écart, un petit paquet sous le bras. Michel se releva et le rejoignit. Puis il regarda une dernière fois la tombe.

– Je ne verrai plus la sépulture de ma femme et de mes enfants.

Ils sortirent lentement du cimetière.

– Je te remercie, Jules, de t'en être occupé.

Ils longeaient un chemin à travers champs quand Michel dit :

– Je me suis longtemps demandé si je devais publier cela.

– Et pourquoi l'as-tu fait ?

– La clairvoyance m'est apparue comme une injustice devant l'avenir, car les méchants qui causeront le mal que je peux voir seront confortés dans leurs agissements par mes écrits ; ils s'en serviront pour se justifier, puisque le cours de toute chose ne peut être modifié.

– Tout est-il vraiment déterminé ?

– Je l'ignore. Toutefois, j'ai chiffré mes quatrains et travesti mes prognostications en énigmes, pour ne pas donner prise aux méchants. Seul celui qui en possède la véritable clé comprendra mes *Centuries*. Il sera un élu, tout comme je l'ai été. Je laisserai une lettre destinée à cet homme.

– Quand viendra-t-il ?

– À la fin du vingtième siècle, je crois. Et voici ce que je lui dirai : les œuvres de Dieu sont infinies et Dieu les accomplit seul. Ses énigmes sont impénétrables. Toute inspiration prophétique trouve son commencement et son moteur en Dieu, le Créateur absolu. C'est ainsi que se révèle la vérité, et non par la froide raison qui spécule sur la magie, cette discipline affreuse qui trouble la raison. Seule fait exception l'astrologie judiciaire. Elle est la pierre de touche de toute révélation, elle purifie la vérité des chimères de l'imagination. J'ai rendu obscures toutes mes prédictions, sauf quelques-unes, que chacun pourra vérifier, afin que les hommes voient que je sais et que je dis la vérité. J'ai respecté la parole du vrai Sauveur : «Ne donnez pas les choses sacrées aux chiens, ne jetez pas les perles aux pourceaux, de peur qu'ils ne se retournent contre vous et ne vous déchirent.»

– Mais que faire, Michel, si tout ce que tu vois est inéluctable ? Devons-nous baisser les bras et abandonner tout espoir ?

– Peut-être... Je ne sais pas. Si les hommes comprennent ce que je leur dis, sans doute pourront-ils infléchir leur destin. S'ils devenaient raisonnables et sages, il se pourrait que tout advienne différemment...

– Jamais les hommes ne furent raisonnables ni sages. Toujours le pire s'est avéré. Et chaque nouvelle arme inventée a été utilisée, soupira Scaglier.

– Alors le monde deviendra un lieu de terreur, un désert, un néant ! Jusqu'ici, je n'ai rien pu voir d'autre.

Scaglier s'arrêta soudain. Ils contemplèrent les vastes plaines. Tout était paisible et silencieux.

– Je vais bientôt mourir, dit le vieux savant.

Michel lui examina l'iris et lui prit le pouls.

– Ta bile et tes reins ne sont plus ce qu'ils étaient. Mais sinon...

– Nous ne nous reverrons plus.

Scaglier lui prit le bras et ils poursuivirent leur chemin.

– Lorsque j'ai appris que tu venais, je me suis refusé à te recevoir, tant j'étais furieux.

– Tu as changé d'avis, sourit Michel.

– Parce que tu es le seul à qui je puis confier... ceci, répondit Scaglier en montrant un paquet qu'il tenait à la main. Je ne t'ai... À l'époque, je ne t'ai pas donné ceci... Il est temps que tu le prennes.

Il lui tendit le paquet soigneusement ficelé.

– Qu'est-ce ?

– Le plus grand secret du monde... L'Apocalypse de saint Jean.

– Mais voyons... j'ai lu ce texte ! Qui ne le connaît ?

– Certes, mais... ceci en est le manuscrit authentique, rédigé de sa propre main, pur de toute censure..

Michel posa sa main sur le paquet, comme pour se pénétrer de son contenu.

– Et... que trouve-t-on dans ces feuilles ?

– Je ne les ai pas lues. Je n'en ai jamais trouvé la force.

Lorsque Michel arriva enfin chez lui, Anne avait déjà mis au monde leur enfant : c'était une fille. La mère et l'enfant se portaient bien, l'accouchement s'était passé sans difficulté. Anne n'était pas femme à se tourmenter. Pour elle, la vie venait de donner la vie, rien de plus. Le reste était affaire d'amour et d'éducation. Pour taquiner Michel, elle déclara qu'elle se chargerait de l'amour, lui de l'éducation : ainsi ne se disputeraient-ils jamais au sujet des enfants.

Elle recopiait l'un des écrits de Michel lorsqu'elle le vit, un jour suivant, redescendre de sa tour et passer près d'elle sans la voir, comme en transe. Intriguée, elle le regarda empiler du bois sec dans le jardin, y poser un livre et enflammer ce bûcher. Le feu prit instantanément, répandant une clarté vive. Ébloui, plissant les yeux, il attendit que chaque brindille fût consumée. Mais le livre était toujours là, intact.

– Mon Dieu ! qu'est-ce donc que cela ? demanda Anne.

Michel ramassa le volume couvert de cendres. Il ne s'y brûla même pas.

– C'est l'Apocalypse de Jean, murmura-t-il.

Anne se signa. Michel réfléchit un instant, puis se dirigea vers l'un des deux puits du jardin, où il jeta le livre. L'après-midi, il le fit combler et abattit la margelle, puis recouvrit d'herbe son emplacement. Personne ne devait savoir où le précieux manuscrit avait été enterré. César, son fils, qui approchait alors de dix ans, le regarda faire, incrédule. L'eau du puits était pourtant potable...

– Nous en creuserons un nouveau, lui assura Michel. Celui-ci était épuisé.

– Il y a encore de l'eau dans le jardin ?

– Mais oui !

Michel sortit une baguette de coudrier de sa poche et partit à l'autre bout du jardin. La baguette se mit à frémir. Il décrivit alors un cercle et mesura grâce aux oscillations de l'instrument la profondeur, le flux et le centre de la source.

– Il y a suffisamment d'eau ici, et de la bonne ! À quatre mètres seulement. Va chercher un bâton, c'est ici que nous creuserons le nouveau puits.

– J'aimerais savoir faire cela, s'écria le petit garçon en plantant son bâton à l'endroit désigné.

Michel lui tendit la baguette.

– Eh bien ! essaie. Là, un petit peu plus haut... Tiens-la très lâche, pour qu'elle puisse bouger... Toujours bien droite... Et maintenant, marche ! dit-il en guidant les doigts de son fils.

César obéit, mais la baguette n'oscillait pas.

– Il ne se passe rien, dit-il, déçu.

– Eh ! cela ne s'apprend pas si vite. Ne désespère pas : Rome ne s'est pas faite en un jour ! le consola Michel.

Il corrigea sa position.

– Laisse-la bien lâche... Voilà, ainsi... Et maintenant, recommence !

Derrière la fenêtre, Anne les regardait. Brusquement, n'y tenant plus, elle se rua dans le jardin, furieuse, et arracha la baguette des mains de son fils.

– Rentre à la maison !

– Mais j'apprends à me servir de la baguette !

– Tu n'apprendras pas cela ! répliqua Anne en brisant la branchette.

César était stupéfait. Il n'avait jamais vu sa mère entrer dans une telle colère.

– Viens, maintenant ! dit elle en l'entraînant dans la maison.

Michel, amusé, la suivait des yeux. Puis il rentra à son tour.

Les jours qui suivirent, Anne continua à recopier le nouveau manuscrit de Michel. Mais elle semblait toujours fâchée.

– Où est César ? lui demanda-t-il enfin.

Anne continua d'écrire, sans même lever les yeux.

– Dans sa chambre. Il étudie.

– Es-tu vraiment en colère ?

Anne reposa sa plume.

– Je ne veux pas que tu lui enseignes ces choses. Je ne veux pas qu'il soit malheureux. Je vois bien quelles peines cela te coûte ! César est trop fragile, cela le tuerait. Je t'interdis d'apprendre à mon fils...

– Tu recopies bien tout ce que je te donne ! Mais, à l'évidence, tu ne le lis pas.

– Comment cela ?

– N'as-tu pas lu la préface ?

– Si. Et elle m'a terriblement irritée.

– Parce que tu ne l'as pas lue comme il convient.

Anne, brandissant une feuille, la lui tendit d'une main tremblante.

– «À mon fils César.» Voilà ce que tu as écrit !

– Oui, César, celui qui viendra un jour, lira comme il se doit ces quatrains et y trouvera la clé des *Centuries* ! Elle est celée dans le livre même. Son pouvoir, alors, sera immense, et je prie Dieu qu'il l'utilise à bon escient et ne galvaude pas sa sagesse.

– Et quand viendra-t-il, ce César ?

– Dans cinq cents ans, peut-être...

Le petit César s'était glissé en tapinois dans la pièce. Il regardait Michel avec des yeux ronds.

— Lira-t-on encore cela dans cinq cents ans ? dit-il.

Anne ne put s'empêcher de rire.

— Nous verrons bien.

— Vivras-tu aussi longtemps ? demanda encore le garçonnet.

Son père le prit dans ses bras, lui donna un baiser, puis il enlaça Anne et lui dit :

— Ne crains rien. Notre fils a de nombreux dons, il est intelligent et sensible. Il deviendra un excellent savant. Mais il n'a pas l'inspiration divine.

— En es-tu certain ?

Elle éclata soudain de rire :

— Un autre homme aussi épuisant dans la famille, je crois que je ne le supporterais pas !

Un matin, un messager venu de Naples apporta un lourd paquet que Michel attendait depuis longtemps. Tandis qu'il payait l'homme, Anne s'enquit de son contenu.

— C'est une substance pour notre parfum, répondit Michel.

Le messager pouffa :

— La ville entière sera folle d'amour : tous ceux qui passeront près de votre laboratoire seront enivrés par ces senteurs !

Michel s'en fut aussitôt au laboratoire avec son chargement. Hélène et quelques femmes s'y affairaient. L'une d'elles enduisait une assiette de verre cerclée de bois d'une épaisse couche de graisse de bœuf et de porc. Une autre disposait dans une assiette déjà préparée des fleurs dont l'essence serait absorbée par la graisse. Une troisième femme lavait à l'alcool la graisse parfumée, obtenant ainsi une précieuse huile de tubéreuses et de jasmin. Michel posa son paquet sur la table et l'ouvrit avec précaution, découvrant un coffret de bois.

Hélène s'essuya les mains à un torchon, releva ses cheveux et s'approcha de lui.

— Tu t'aventures jusqu'ici ? Sans ta femme ? Que se passe-t-il ? persifla-t-elle.

— Ne peux-tu laisser ces bêtises ? répliqua Michel, agacé.

Il sortit de leur écrin de papier cinq glandes velues, de la taille d'une pomme de terre. Hélène fit un bond en arrière, horrifiée, se pinçant le nez.

— Mon Dieu, cela pue affreusement ! Qu'est-ce donc ?

— Des glandes de porte-musc, un animal qui vit dans les hautes montagnes de l'Inde.

— Que ferons-nous faire de ces abats répugnants ?

— Un nouveau parfum.

— Que dis-tu ? Il y a là de quoi faire fuir le diable, mais rien pour griser un homme !

Michel rit, écartant les glandes ; lui-même était incommodé par leur odeur infecte.

— Un secret s'y cache, qui affole la femelle du bison. Lorsque nous aurons ajouté à notre essence une dose infime de cette substance, elle enivrera les sens. Si une femme s'en parfume, elle rendra chaque homme aussi fou d'elle que le bison en rut l'est de sa femelle... Et réciproquement.

Hélène saisit une des glandes et l'examina attentivement.

— Peut-être devrais-je la manger toute crue. Qu'en dis-tu, Michel ?

Elle posa une main sur sa poitrine.

– Hélène, je t'en prie, cesse enfin !

Il remit ensuite le coffret à l'une des femmes en lui recommandant de le ranger dans le cellier, bien à l'écart des fleurs pour n'en pas gâter l'odeur.

– Quand l'utiliserons-nous ?

– Dès demain... Hélène, ajouta-t-il, j'ai réfléchi. Je pense que tu as raison. Nous élaborons déjà du parfum ; pourquoi pas autre chose ? Fabriquons maintenant du savon parfumé, des bougies odorantes, des fards, des confitures ! Faisons donc ces bonnes et belles choses qui réjouiront les hommes !

Le tournoi eut lieu le premier jour de janvier 1559. Des fanions décoraient la lice. Une foule d'invités se pressait dans les tribunes. Dans une loge, Catherine serrait sur sa poitrine le nouveau livre de Michel de Nostredame. Diane avait pris place à ses côtés. Le roi et Montgomery entrèrent en lice. Leurs chevaux, la tête ornée de plumets flamboyants, portaient aux flancs de lourds caparaçons bigarrés. Henri et Montgomery reçurent leur lance des mains de leurs pages. Les trompettes retentirent. Diane, se tournant vers Catherine, aperçut soudain le livre. Alors seulement, elle se souvint. Bondissant hors de la loge, elle courut jusqu'au roi.

– Henri !

– Que se passe-t-il ? s'enquit celui-ci en coiffant son heaume doré.

– Abandonne ce tournoi, je t'en conjure !

– Pour quelle raison ?

– Je t'en supplie ! La prophétie ! Le duel, la lance,

le heaume d'or, la troisième ronde ! Il a tout décrit, précisément !

Le roi s'esclaffait.

– Eh bien ! voilà que tu deviens aussi niaise que ma folle de femme ?

– Henri, renonce !

– Ne sois pas ridicule. Et maintenant, ôte-toi de mon chemin !

Et le roi leva le bras. De l'autre côté de la lice, Montgomery l'imita. Il était prêt. De nouveau, les trompettes retentirent.

Catherine s'était levée. Elle vit le roi ordonner à sa maîtresse de s'écarter et de revenir à sa loge, Diane essayer une fois encore de le dissuader de se livrer à ce duel, en vain. Lorsqu'elle regagna la tribune, la peur se lisait sur son visage. Catherine lui adressa un sourire à peine perceptible avant de tourner les yeux vers la lice.

Les chevaliers partirent au galop, se rapprochèrent, baissèrent leur lance. Le heaume doré du roi et l'arme de Montgomery scintillaient au soleil. Le roi éperonnait sa monture, sûr de la victoire. Montgomery, plissant les yeux, visa le roi à la poitrine. Les chevaux avaient l'écume à la bouche. L'assistance, debout, les acclamait. Ils étaient côte à côte. Alors, la lance de Montgomery heurta l'armure du roi, glissa, se brisa sur le heaume et finit sa course dans l'œil du souverain. Du sang jaillit par flots sur le heaume doré et le roi tomba de cheval. Ce fut un cri. Catherine ferma les yeux, délivrée.

Diane accourut. Une foule entourait le roi étendu sur le sol, immobile. Son cheval, affolé, s'était enfui. Elle s'agenouilla, prit la main de son amant et posa son visage inondé de larmes sur son armure. Le roi était évanoui.

Enfin Catherine approcha à pas lents. Tous lui firent place. Baissant les yeux sur Diane, elle la prit par l'épaule. La jeune femme, qui venait de comprendre, se redressa. Un léger sourire jouait sur les lèvres de la reine. Son ancienne rivale lui fit une profonde révérence. Son temps était révolu, et elle le savait.

Parfaitement calme, Catherine se pencha sur le roi. C'était écrit. C'était advenu. La lance, transperçant la grille du heaume doré, s'était enfoncée profondément dans l'œil du grand lion. À la troisième ronde, lors d'un duel. Le sang ruisselait sous le casque, tachant le sable. La reine se retourna et fit signe à un groupe d'hommes qui arrivaient avec une civière. Le roi y fut étendu et porté jusqu'à une tente, où elle le suivit. Diane tenta bien de les rejoindre, mais la reine l'arrêta d'un regard froid et impérieux que la jeune amante ne lui avait jamais connu. Elle prit soudain conscience de cette puissance, dissimulée durant des années. Catherine avait attendu cette heure ; aujourd'hui, elle la savourait. Qui aurait osé le lui reprocher ? C'était maintenant la reine de France qui se tenait devant eux.

Montgomery, bouleversé, avait rejoint Catherine, contrit, incapable de formuler une excuse.

— Comte, vous n'êtes en rien coupable. Toutefois, je ne sais si je puis vous protéger. Partez aujourd'hui même, de préférence en Angleterre. Je confisquerai vos biens, dit-elle à voix basse.

Il semblait anéanti. Catherine le rassura d'un sourire :

— Je vous y ferai porter toute votre fortune. Et même un peu plus, pour vous dédommager. Allez !

Il s'inclina très bas. Catherine entra dans la tente.

Henri mourut le 10 juillet. François fut couronné roi. Catherine prit la régence, en son nom. La prophétie s'était réalisée.

Michel avait travaillé avec zèle à l'élaboration de son nouveau parfum, seul. Hélène l'avait observé, impatiente de connaître le résultat. Il mettait maintenant la dernière main à son œuvre. À l'aide d'une pipette, il versa quelques gouttes de musc fortement dilué dans une fiole où se mêlaient bois de cyprès, racine de violette de Florence, œillet, acore, coriandre et huile de rose. Il agita doucement le flacon.

Michel avait longuement expérimenté de nouveaux mélanges, modifiant sans cesse doses et compositions. Il avait essayé la lavande, le lilas, la cannelle et l'ambre et les avait rejetés, ainsi que le citron et l'orange, le safran, le gingembre et l'amande, puis les racines d'if, de buis et de hêtre, distillant sans relâche, inventant de nouvelles combinaisons car l'arôme incomparable, unique, âpre et suave, ni trop doux ni trop puissant, qui stimule les sens sans les irriter, qui a du corps et une âme, que l'on sent sans le percevoir distinctement, ce sublimé raffiné ne peut être obtenu que par la plus délicate harmonie des diverses essences qui s'y associent. Michel avait expliqué à Hélène comment il concevait la composition, à savoir comme le peintre Zeuxis d'Héraclée. Voulait-il représenter une jeune fille, il choisissait plusieurs modèles, s'inspirant du nez de l'une, de la bouche de l'autre, des joues d'une troisième, lui raconta-t-il. À la quatrième il empruntait les seins, à la cinquième les hanches, retenant les cuisses et les chevilles d'une sixième. Les modèles se succédaient dans son atelier jusqu'à ce qu'il eût réuni tous ces éléments pour réaliser la figure déjà créée par son imagination, et dont la beauté surpassait celle d'Hélène de Troie. Il en allait exactement de même avec les parfums. Une rose, en soi, exhale une senteur merveilleuse, de même la cannelle, l'ambre et la violette. Mais, isolée, aucune de ces substances ne peut ravir ni égarer les sens : il lui manque la séduction de l'esprit.

Michel était échauffé. De nouveau, il agita le flacon, porté à juste température afin de déployer l'arôme. Hélène ne tenait plus en place.

— Eh bien ? Comment est-ce ? Essaie donc !

Michel lui tendit une mince brindille dont l'extrémité, enrobée de tissu, était humectée du nouveau parfum. Hélène sentit, puis, lui prenant la baguette des mains, respira à nouveau, plus profondément ; elle en déposa une touche sur son poignet, qu'elle laissa évaporer un instant avant de l'approcher de ses narines. Enfin, elle ferma les yeux, transportée.

— Incroyable ! Comment imaginer que cette chose infecte puisse produire parfum aussi enchanteur ?

Elle trempa un mouchoir de soie dans l'essence qu'elle passa délicatement derrière ses oreilles, sur son cou, ses poignets, puis tendit les bras vers Michel, qui huma à son tour. Elle le couvait des yeux.

— Eh bien ?

— Nous en vendrons beaucoup ! annonça-t-il, réjoui.

— C'est tout ? dit Hélène, dépitée.

— C'est bien pour cela que nous le fabriquons !

Hélène le dévisageait. Hors d'elle, elle saisit le flacon et le jeta par terre. Le verre se brisa et le parfum se répandit sur le dallage. Michel en resta aba-sourdi. Brusquement, Hélène prit sa tête entre ses mains, l'embrassa et le renversa sur la table. Elle tenta de s'étendre sur lui, murmurant dans son exci-tation des mots d'amour, des noms tendres et stu-pides, et aussi des vulgarités. Michel, se dégageant, la gifla et se précipita hors du laboratoire. Mais Hélène, plus preste, parvint avant lui à la porte, la referma et glissa la clé dans son corsage, entre ses seins.

– Viens plutôt la chercher ! lança-t-elle en se glis-sant derrière la table.

Narquoise, elle tira la clé de sa cachette et la brandit en l'air. Michel ne riait pas. Il n'avait qu'un désir, sortir.

– Sois raisonnable, Hélène. Donne-moi cette clé.
– Eh bien ! viens la chercher...
– Je t'en prie, Hélène, cesse cette comédie !
Mais elle continuait de le narguer. Michel sauta sur la table, à la grande surprise d'Hélène, qui ne l'aurait pas cru capable d'un tel geste. Baissant les yeux sur elle, il se revit subitement lorsque, de longues années auparavant, il tentait de reprendre son Ovide à Sophie... Sophie réfugiée derrière une table, brandissant le livre, comme Hélène la clé du laboratoire. Jadis il avait sauté, s'était agrippé à la jeune fille, l'avait caressée... Non ! Trois fois non ! D'un saut, il fondit sur Hélène, le dos au mur, lui arracha la clé et s'empressa d'ouvrir la porte. Elle le regardait, désemparée. Alors elle se baissa, saisit un fragment du flacon brisé, et, poussant un cri, d'un mouvement vif, s'entailla le poignet. Du sang jaillit en abondance. Michel, revenu en hâte, prit un tissu posé sur la table et le noua solidement autour de la

235

blessure. Cela fait, il sortit, sans un mot. Hélène, adossée à la table, était appuyée sur sa main valide. Elle tendit l'autre vers Michel. Mais il était déjà parti.

Anne corrigeait les épreuves que lui avait apportées l'imprimeur. Entre-temps, Michel avait copié pour les vendre ses recettes de confiture. Il avait aussi terminé un almanach pour l'année suivante. L'imprimeur pouvait à peine exécuter toutes ses commandes. Depuis la mort du roi Henri, les gens s'arrachaient ses livres. Michel prévoyait à présent d'écrire un ouvrage traitant des façons d'embellir et de rajeunir son corps, des pommades, des huiles et des onguents parfumés adéquats, des moyens de blanchir ses dents et d'empêcher qu'elles ne se gâtent, et de ce que l'on peut faire, quand elles sont déjà gâtées, pour garder l'haleine fraîche. L'ouvrage trouverait des lecteurs.

Les enfants grandissaient, leur éducation coûtait cher. Ses gains de médecin n'y suffisaient plus, mais ses livres lui rapportaient déjà beaucoup d'argent.

Michel grignota un peu de jambon. Pour ne pas l'inquiéter, il avait décidé de ne rien rapporter à Anne de ce qui s'était passé dans le laboratoire.

Il monta dans sa tour, la mine soucieuse, et arpenta nerveusement la pièce. Ayant pesé une très faible quantité de muscade, il était sur le point de verser la poudre dans l'eau lorsqu'il reposa la cuiller pour s'approcher de la fenêtre. Dans la rue, Hélène avait les yeux levés vers lui. Michel s'assit sur son trépied et réfléchit. Que devait-il faire ? Quelques instants plus tard, Hélène avait disparu. Michel demeura un moment immobile, indécis. Puis, à sa table, il mêla la poudre à l'eau, s'assit et s'empara de sa baguette de coudrier. Il avait mieux à faire que de s'interroger sur les accès amoureux de sa belle-sœur. Par ailleurs, il ne pouvait pas l'aider.

Mais Hélène courait vers l'église, éperdue. Devant le grand portail de bois, elle hésita un peu, puis se décida à frapper. Sa blessure la gênait, ses coups étaient trop faibles. Ramassant une pierre, elle en heurta vigoureusement le portail, jusqu'à ce qu'un moine lui ouvre. Elle s'engouffra alors dans l'église.

De son côté, Michel était en transe, de nouveau assailli par de terribles visions. La terre entière s'effondrait. Des explosifs, du feu, de l'eau. Des villes entières détruites, le sol infecté, ravagé par les maladies. Un monstrueux panache de fumée en forme de champignon surplombait ce paysage de désolation. Le monde anéanti, la Terre disparue. La fin... Mais, sur la voûte céleste, à des lieues de cette apocalypse, Michel vit un vaisseau s'éloignant à une vitesse prodigieuse, se dirigeant vers un autre astre, derrière lequel se levait un soleil, dans une aube rayonnante. Bientôt, l'engin se posait dans une vaste vallée, un pré fleuri au bord d'un lac. Une porte s'ouvrit. Sept voyageurs, hommes et femmes, quittèrent le vaisseau, vêtus d'armures souples et de casques. Le premier tendit la main et risqua un pied prudent sur l'échelle. Les autres le suivirent sans se hâter. Regroupés dans le pré, ils étudièrent leurs instruments. L'un d'eux défit lentement l'huis de son casque, tandis que ses compagnons l'observaient, anxieux. Une femme tenta précipitamment de l'empêcher d'ôter son heaume transparent, mais lui souriait, rasséréné. Et, s'étant dépouillé de sa protection, il emplit avec délices ses poumons d'air frais et suave. Alors, tous l'imitèrent. Ils s'étreignirent, puis gagnèrent le lac. Le premier se pencha, recueillit un peu d'eau dans le creux de sa main, en but une gorgée. L'eau était bonne. Tous se débarrassèrent de leur armure. D'autres hommes sortaient maintenant du vaisseau, courant vers la rive. Nus, ils se désaltéraient et se baignaient. Des animaux s'approchaient d'eux, d'abord prudemment, puis, sans plus montrer de crainte ni de timidité, se mettaient à paître et à boire.

Au plus profond de sa transe, Michel sourit. L'espérance n'était pas une vaine folie. Il avait vu le paradis, ce qui adviendrait après la disparition de notre monde. Les hommes connaîtraient le bonheur.

À cet instant, la porte de son refuge fut brutalement enfoncée. Le vieil inquisiteur, entouré de soldats, fit irruption dans la pièce. Hélène les suivait. Triomphante, elle désigna Michel, qui était toujours en transe.

– Il est là ! cria-t-elle. Comme je vous l'ai dit ! Il a signé un pacte avec le diable !

Dans son excitation, elle arracha son bandage d'un coup de dent et se mit à gratter furieusement sa blessure.

Anne, surgie en haut de l'escalier, bousculait les soldats. L'inquisiteur avait posé sur l'épaule de Michel une main, qu'elle repoussa sans égards.

– Ne l'éveillez pas maintenant, je vous en supplie ! Il pourrait en mourir !

Mais les soldats se saisirent d'Anne et l'emmenèrent. L'inquisiteur pointa l'index sur Michel. Un soldat s'approcha de lui et le secoua avec rudesse.

— Michel de Nostredame, au nom de l'Inquisition, je vous arrête !

Mais Michel ne l'entendit point. Il ne s'aperçut même pas que deux soldats, le prenant par les pieds et les bras, le portaient dehors. Il souriait toujours, radieux.

Dans les caves de l'Inquisition, on avait ligoté Michel sur un fauteuil de bois à haut dossier. Sa tête était prise dans un cercle métallique, ses mains enchaînées au dossier, ses jambes attachées par des fers. Son visage était baigné de sang, sa chemise déchirée, son corps couvert de plaies. Ils l'avaient battu avec des verges et des chaînes, l'avaient étendu sur des pointes de fer, l'avaient ébouillanté, sans pouvoir le faire avouer. Michel avait perdu connaissance.

L'inquisiteur, fort mécontent du déroulement de l'interrogatoire, avait pris place sur un fauteuil de velours rouge. À côté de lui, sur une grande table, était posé le livre de prophéties. Dans l'ombre d'un pilier, Hélène observait, le regard fiévreux. Un soldat versa un seau d'eau sur la tête de Michel pour l'éveiller.

L'inquisiteur se leva et s'approcha très près de lui. Plongeant ses yeux dans les siens, il murmura :

— C'est le diable, monsieur de Nostredame, qui a écrit vos livres. Nous le savons, et peu nous importent vos aveux. Il ne s'agit plus que de votre salut. Soulagez votre âme ! Peut-être le Tout-Puissant vous prendra-t-il malgré tout en pitié, si vous confessez vos crimes et vous en repentez du fond de votre âme. Rétractez-vous !

— Non, souffla Michel.

L'inquisiteur le frappa au visage.

– Nous verrons bien, dit-il. Nous avons le temps, et beaucoup d'imagination. Monsieur de Nostredame, vous êtes accusé d'entente avec les puissances des ténèbres, accusé d'avoir envoûté le comte de Montgomery afin qu'il tue le roi de France, Henri, de la manière que vous aviez prédite des années auparavant.

Brandissant les *Centuries*, il se mit à hurler :

– Tout cela pour vendre vos griffonnages ! Mais nous, monsieur, ne nous laissons pas abuser par vos méchants tours de magie ! Vous êtes accusé du crime le plus irréparable : avoir blasphémé le nom de Dieu ! Vous en reconnaissez-vous coupable ?

Michel ne l'entendit pas : il s'était de nouveau évanoui.

– Répondez ! tonna l'inquisiteur, enfonçant brutalement ses ongles dans les joues de Michel. Tu dois répondre ! cria-t-il encore. Te reconnais-tu coupable ?

Il lui lança une cuvette d'eau au visage puis fit signe à deux de ses soldats. Ceux-ci détachèrent Michel et le traînèrent jusqu'au mur, où ils l'enchaînèrent, serrant autour de son cou un cercle hérissé de pointes et introduisant ses mains dans des manchettes de fer qu'ils se mirent à visser dans le dessein de lui briser les doigts. Les pointes de l'anneau ne s'enfonçaient pas encore profondément, mais déjà le sang coulait sur sa poitrine. Alors il poussa un cri et s'affaissa. Le tirant par les cheveux, l'inquisiteur le força à relever la tête. À plusieurs reprises, il frappa son crâne contre le mur.

– Te reconnais-tu coupable ? gronda-t-il, son visage collé au sien.

– J'ai vu le paradis, répliqua Michel, soudain rayonnant. Le paradis existe... Après toutes les horreurs de ce monde viendront des temps de félicité... L'humanité survivra.

Les soldats donnèrent un nouveau tour de vis aux manchettes et resserrèrent le cercle d'épines.

– Vous pouvez me tuer..., murmura Michel. Vous ne pouvez pas tuer la vérité...

Fou de rage, l'inquisiteur lui cingla le visage avec une lanière de métal tressé en criant :

– Rétracte tes mensonges !

Puis il hurla, cette fois à l'adresse des soldats :

– Pourquoi tant de précautions ? Voudriez-vous ménager cet homme ?

Il les frappa brutalement avec sa lanière, fulminant :

– Parce qu'il a mis au monde vos enfants ? Ce sont les bâtards du démon !

Saisissant Michel à la gorge, il tonna :

– Je veux que tu avoues !

– Le diable est en lui ! hurlait Hélène, hystérique. Tuez-le ! Tuez-le !

– Reconnais enfin ta culpabilité ! cria l'inquisiteur.

– Comment le ferait-il, s'il est innocent ?

Tous se retournèrent. Qui avait osé ?

Catherine de Médicis, reine de France, descendait l'escalier de la cave.

– Détachez-le ! ordonna-t-elle.

L'inquisiteur, plein de morgue, ne daigna pas s'incliner et déclara :

– Majesté, ce tribunal accomplit la volonté de Dieu et de son représentant sur terre, Sa Sainteté le pape, déclara-t-il. Son autorité et sa puissance lui viennent immédiatement de Dieu ; aussi toute immixtion dans les affaires de la Sainte Inquisition, d'où qu'elle vienne, est-elle un...

Catherine l'interrompit, souriante :

— Répondriez-vous sur votre vie de cette profession de foi ?

L'inquisiteur resta sans voix. Enfin, après un instant d'hésitation, il s'inclina aussi bas qu'il le put...

Michel jouait avec les enfants. César, Michel, André, Madeleine, Anne et Diane étaient réunis autour de la grande table. Michel avait toujours les mains et le cou bandés, mais la courte durée de sa convalescence avait surpris chacun. Il expliquait à ses enfants la marche des planètes. Anne, qui avait pressé des oranges, entra avec un plateau pour distribuer des verres de jus de fruits aux enfants.

— Voici le Soleil, dit Michel en prenant une grosse pomme rouge dans la corbeille. Et voici la Terre, ajouta-t-il en posant une petite cerise à quelque distance de la pomme.

César à son tour prit une cerise, la porta à sa bouche et cracha le noyau à côté de la première.

— Ce n'est pas convenable ! protesta Anne.

— Mais, mère, rétorqua César en ramenant le noyau tout contre la cerise, c'est la Lune !

— Écoutez-moi bien, reprit Michel. La Lune a une grande influence sur nous. Elle fait se mouvoir la mer. Et elle peut aussi rendre votre mère très irritable...

— Ce n'est pas vrai ! dit Anne en riant.

Michel riait aussi.

— Mais si ! C'est vrai !

Il prit la cerise et la mangea.

Des hommes en armes montaient la garde devant la demeure de Michel, noyée par la foule. Un car-

242

rosse apparut, escorté par des soldats, qui s'arrêta devant la maison. Catherine en descendit, regardant autour d'elle. Quelques badauds agitaient les mains, d'autres poussaient de timides acclamations. Puis les premiers chapeaux volèrent et toute la foule finit par l'acclamer. Catherine salua de la main, puis gravit lestement l'escalier.

En la voyant pénétrer chez lui, Michel fit mine de se lever, mais Catherine, d'un geste, l'invita à rester assis. Anne et les fillettes esquissèrent une révérence tandis que les garçons s'inclinaient. La reine contempla avec émotion la famille du grand devin et fit signe à César d'approcher. Son père l'encouragea d'un hochement de tête. Lorsqu'il fut devant Catherine, elle s'agenouilla et posa ses mains sur les épaules du petit garçon.

– César, dit-elle, vous devez me faire un serment. Promettez-moi de ne plus jamais vous faire de souci pour votre père. Plus personne n'attentera jamais à sa vie, aussi longtemps que je vivrai. Promettez !

César hocha la tête, intimidé.

– Vous êtes un bon petit garçon, dit-elle en se relevant.

S'asseyant à la table, elle s'adressa à Michel :

– Comment vous portez-vous, monsieur ?

César brandissait la pomme sous ses yeux.

– Ça, déclara-t-il, c'est le Soleil !

Catherine saisit la pomme et la croqua à pleines dents.

– Délicieux, le Soleil ! Maintenant, il brillera dans mon ventre !

Les enfants éclatèrent de rire.

– Monsieur de Nostredame, dit enfin la reine sérieusement, je suis venue vous voir car j'ai besoin de votre conseil.

VI

JUILLET 1566

Le mois de juillet de l'an 1566 fut particulièrement clément. En juin, les pluies avaient laissé espérer aux paysans une bonne moisson.

Le premier jour du mois, Michel et toute sa famille prièrent dans l'église où il avait épousé Anne. En sortant, il prit celle-ci par le bras. La goutte le faisait un peu souffrir depuis quelque temps. Ayant travaillé toute la nuit, mais néanmoins dispos, il proposa de rejoindre à travers champs les collines qui s'élevaient à la sortie de la ville et offraient une vue magnifique sur la contrée.

Anne craignait que cette promenade ne le fatiguât trop.

– Alphonse pourra venir nous chercher avec la carriole, se défendit Michel.

Anne acquiesça. Comme elle désirait rester seule avec son mari, elle ordonna aux enfants de rester à la maison, les chargeant d'envoyer Alphonse les quérir dans une heure.

Ils étaient assis sur le banc en haut de la colline quand Michel annonça :

– J'ai rédigé mon testament.

– Pourquoi cela ?

Michel posa sa main sur celle de sa femme.

— Tu n'as aucun souci à te faire, dit-il. Je voulais t'en avertir. J'ai assez d'argent pour vous tous. Les parfums se vendent bien, et les recettes aussi. Mes livres continueront encore quelque temps d'en apporter beaucoup.

— Je n'aime pas que tu parles ainsi.

— J'ai achevé ma tâche. Ce matin à trois heures, j'ai écrit le dernier quatrain. Mes prophéties portent jusqu'à l'an 3797. À l'église, tantôt, j'ai remercié Dieu de m'avoir donné la force d'achever mon œuvre.

Anne sourit.

— Michel, tu ne peux t'imaginer comme j'en suis heureuse. Tu vas pouvoir te reposer et jouir de la vie. Nous aurons enfin un peu de temps pour nous.

— Crois-tu que ce Paul sera un bon mari pour notre Madeleine ? demanda Michel en détournant la conversation.

— Il vient d'une bonne famille.

— Si tu penses qu'elle doit l'épouser... Désormais, tu devras décider seule de tout.

— Te voilà devenu si sombre...

— Je ne suis pas sombre du tout, Anne ; au contraire, je suis très serein.

— Dès demain, tu verras les choses d'un autre œil.

— Demain, à l'aube, tu me trouveras gisant entre le lit et le petit banc.

Anne, glacée d'effroi, l'enlaça.

— Michel, je t'en prie, ne dis pas de telles choses !

— Pourquoi donc ? Toute vie doit prendre fin un jour. Je t'aime, Anne, comme au premier jour, lorsque tu es entrée chez moi et que je t'ai examinée.

— Je me souviens parfaitement comme tu as toussé avant de palper mes flancs, afin que je ne prenne pas peur ! s'écria Anne, amusée.

Michel rit.

– J'ai toussé parce que j'étais embarrassé. J'avais déjà vu tant de femmes déshabillées, ainsi, devant moi. Mais lorsque tu es entrée... J'osais à peine te toucher, de peur que tu ne remarques mon subit échauffement ! Anne, nous avons vécu une belle vie, ensemble. Malgré tout...

Elle se mit à pleurer. Michel essuya les larmes qui coulaient sur son visage.

– Ne pleure pas, dit-il. Tu me rendrais vraiment triste...

La petite carriole, menée par Alphonse, apparut au détour du chemin. Michel, soutenu, grimpa dans la voiture, et Anne, prenant place à son côté, étendit une couverture sur ses genoux. Il lui prit la main.

Au claquement de langue d'Alphonse, les chevaux partirent au pas et firent demi-tour pour redescendre vers la ville. Le soleil disparaissait derrière les montagnes.

Le cercueil fut emmuré dans l'église des Minorites franciscains de Salon, à gauche du portail. Anne fit graver pour son mari l'épitaphe suivante, dans le style de Tite-Live :

Icy reposent les os de l'Illustre MICHEL NOSTRADAMUS, de qui la divine plume fut seule, au sentiment de tous, jugée digne d'écrire, selon la direction des Astres, tous les événemens qui arriveront sur la terre. Il a vécu 62 ans, 6 mois, 17 jours, il mourut à Salon le 2 juillet 1566. Postérité ne luy enviez pas son repos. Anne Ponce Gemelle souhaite à son époux la véritable félicité.

VII

L'AMULETTE

Un jour d'octobre de l'an 1791, à l'aube, un groupe d'hommes se dirigeait vers les ruines de l'église des Frères minorites, mise à sac par des soldats révolutionnaires en maraude. Ils s'étaient munis de crochets, de barres de fer et de masses. L'un était forgeron, l'autre menuisier, le troisième vigneron. Ils avaient discuté toute la nuit et bu pour se donner courage. Ayant depuis longtemps mis au point leur projet, ils voulaient enfin le mettre à exécution. Ils s'immobilisèrent un moment devant le mur.

– C'est ici. Il se trouve derrière ces pierres, déclara le forgeron, qui avait imaginé toute l'affaire.

– Pourquoi ne s'est-il pas fait enterrer comme tout le monde ? demanda le menuisier.

– Il ne voulait pas que n'importe qui pose le pied sur lui !

Le menuisier s'approcha de la pierre tombale, déjà délitée.

– Qu'est-ce qui est écrit ?

– «Postérité, ne lui enviez pas son repos. Anne Ponce Gemelle souhaite à son époux la véritable félicité», lut le forgeron.

Le paysan était anxieux. Il grelottait, alors que le soleil réchauffait déjà les ruines.

– Faut-il vraiment ouvrir cette tombe ? demanda-t-il.

– C'est pour cela que nous sommes venus, protesta le forgeron. Nous en avons assez discuté, maintenant il faut agir. Je suis sûr que la clé de ses prophéties est enfermée dans ce tombeau. Imaginez que nous la trouvions !

Il donna une bourrade au vigneron.

– Alors, on inscrira sur ta tombe : «En l'an de grâce 1791, Bernard Pelletier trouva la clé secrète celée dans la tombe de Nostradamus et devint l'homme le plus puissant du monde» ! poursuivit-il en riant.

– Je n'en suis pas si certain..., dit le vigneron. J'ai peur.

Le forgeron lui bourra les côtes.

– Que veux-tu qu'il arrive ? Tu crois qu'il va te mordre ?

Il but une bonne lampée à la bouteille, la tendit au menuisier, cracha dans ses mains et attaqua la pierre à la masse. Puis les deux autres se joignirent à lui.

– On dit qu'il a prédit sa propre mort, chuchota le vigneron. Le 1er juillet 1566, il a dit qu'on le trouverait mort le lendemain matin, entre son lit et un banc. Et c'est ce qui est arrivé !

Le menuisier s'impatienta :

– Sornettes !

– Alors que fais-tu là ? rétorqua l'autre.

– Sait-on jamais ? répondit le menuisier en riant.

Ils descellèrent les pierres, faisant un tas des plus grosses. Enfin apparut un cercueil, enchâssé verticalement dans la muraille. Chacun se tut.

– Faut-il vraiment... ? souffla le menuisier, lui-même gagné par la peur.

Le forgeron, hésitant à son tour, se contenta de hausser les épaules. Alors le menuisier, d'un geste résolu, saisit la barre de fer et fit sauter la dalle.

Devant eux était le squelette de Michel de Nostredame. Les restes ne furent pas longs à s'effondrer. Les trois hommes, saisis d'effroi, firent un bond en arrière.

Au-dessus de l'amas d'ossements, ils virent alors une amulette, frappée en plein par un rayon de soleil. Lentement, ils s'approchèrent. Le forgeron se pencha sur l'amulette, cherchant à déchiffrer l'inscription. Il blêmit.

– Qu'est-ce que c'est ? voulut savoir le menuisier.

Incapable de parler, le forgeron désignait l'objet en tremblant. Le vigneron se pencha à son tour sur l'amulette.

– Mais qu'est-ce qui est écrit ? demanda-t-il.

– «En octobre de l'an 1791... ma tombe sera ouverte»! lut le forgeron à voix basse.

Épouvantés, les trois profanateurs se regardèrent sans mot dire et détalèrent à toutes jambes. Les ossements blanchis s'amoncelaient au pied du cercueil. L'amulette étincelait au soleil.

Table

*Cet ouvrage composé
par D.V. Arts Graphiques 28700 Francourville
a été achevé d'imprimer sur presse Cameron
dans les ateliers de B.C.I.
à Saint-Amand-Montrond (Cher)
en mai 1995
pour le compte des Éditions de l'Archipel
département éditorial de la SARL
Écriture-Communication*

Imprimé en France
N° d'édition : 92 – N° d'impression : 4/400
Dépôt légal : mai 1995